U0045713
6
Welcome to the Classroom of the supreme principle of force
Kadokawa Fantastic Novels
歡迎來到實力至上主義的教室
衣笠彰梧
×
トモセシュンサク

三宅明人
是個平時文靜，幾乎看不見他與任何人扯上關係的D班男學生。隸屬弓道社。
「綾小路同學，你真健談耶。」
「社團活動難得休息，我不想因為讀書好幾小時而失去時間。結束就可以回去了吧？」

「因為是由我來教，
我絕對要讓你們拿到比期中考還要高的分數。」
長谷部波瑠加
和三宅一樣，是不太與人扯上關係，並自稱「孤獨組」的D班女生。有馬上就用綽號叫人的習慣。
幸村啟誠
D班中擁有頂尖等級學力的男生。
個性變得圓滑，開始改變想法，想為班級貢獻。

「這……這太抬舉我了喲，堀北同學。」

一之瀨一直以來都耿直、
誠實地回答，我看見她的
眼神初次游移不定。

「也、也、也讓我
加入綾小路同學的小組吧！」

她因為緊張而明顯滿臉通紅。不知道是因為視線沒有聚焦，還是慌張的關係，她沒發現自己眼鏡歪掉的位置很滑稽。

6

Welcome to the Classroom of the supreme principle of force

歡迎來到實力至上主義的教室

衣笠彰
KINUGASA SY
トモセシュン
TOMOSESHUN
6
歡迎來到
實力至上主義的教室
Kadokawa Fantastic Novels

歡迎來到實力至上主義的教室 6

Welcome to the Classroom of the supreme principle of force

contents

彩頁、內文插畫／トモセシュンサク

櫛田桔梗的獨白

人都會按照自己的理想而活嗎？我就是如此。我習慣了理想中的自己。

我懂事起就理解自己在同性中也擁有受上天恩惠的容貌。因為記憶力比人好，所以很會讀書。我擅長運動，對聊天也很有自信。

不僅手很巧，也擁有柔軟應對突發事件的智慧。

那麼，我是個完美的人嗎？

要是這麼問，答案就會是ＮＯ。當然有人比我可愛，世界上也有許多聰明，或運動神經優異的人。那種事情理所當然。對，那是理所當然的。

可是，我想人多少都有絕對不想輸人的心情。

不論外貌、讀書，玩電視遊樂器，或唱歌能力等等的都好。

人在自己的這種卓越之處輸人時，心裡都會萌生不甘心的情緒。

一切都在平均之上的我，懷有極大的自卑感。

我是種每當輸給身邊的誰，情感就會被大幅動搖的人。每次輸掉任何一件事，我心裡就會產生陰影。我也曾經因為強烈的壓力而吐過。

現實很殘酷。我不是平凡人，但也絕對不是天才。

小時候還算可以。我只要達成一些作業，周圍就會吹捧我。

他們會誇讚我是天才、是神童。當時我心情很好，內心雀躍。

我不管做什麼在班上都是第一。我曾經是個英雄、偶像。

這樣的我，在升上國中之後，就開始遇見在各領域上超越我的人們。

我絕對贏不過無法戰勝的對手。這個現實又深又沉地壓在我的心上。

所以我尋找了退路。為了逃出這個痛苦。

我想要不輸給任何人的東西。我想要受人尊敬與羨慕，但讀書和運動是不行的，我比不上人家。

這樣的我好不容易抵達的結論，就是——得到比任何人都還要多的「信任」。

我決定藉由比任何人都更討喜，來得到優越感。

我像是對我看都不想看的噁心男生伸出援手，而且我也會幫助令我怒不可遏、火大的醜女。我壓抑情感，不吝惜地分享虛偽的笑容、虛偽的溫柔。

於是我成了紅人。無論同年級生、學長姊、學弟妹、老師、監護人、走在附近的陌生人。

——我成為了任何人都喜愛，而且不輸給別人的存在。

老實說，那些日子很幸福。

同時，我也得以知道一件事——知道信任是任何東西都無可取代的美酒。

也明白信賴這個優越感的背後有「祕密」的存在。

人找到發自內心能信任的對象時，就會揭露瞞在心裡的事。

班上最受歡迎的男孩子的暗戀對象，以及班上最聰明的人的意外煩惱都是。從身體重大祕密到無關緊要的祕密，我一切都掌握並得到了資訊。每次聽見因為變得要好而坦白道出的煩惱，我的心裡就會很雀躍。

每當緊握也可以稱做對方生命的重要資訊，我就會高興得發抖。

我比任何人都受信任——這麼想就成了我的存在意義。

可是我沒有發現。

沒有發現那份信賴，只能從塗滿謊言的生活中獲得。

我就這樣懷抱著巨大壓力過著每一天。

然後……那個事件發生了。不，那是不小心發生的——

誰教大家都拒絕我。

但那無可奈何。

沒辦法呢。

因為傷害到別人，就算被傷害也不能抱怨。

人若犯我，就得還以顏色。

這是當然的吧？

但，這樣大家心中「我」這理想人物就崩壞了。

尊敬與羨慕消失，轉為恐懼與憎恨。

那不是我所追求的。

我追求的只有一個。

就是成為受大家信賴的存在。

再度得到那份「優越感」。

所以我不會再重複那種事。我如此發誓。
所以我才會對新的校園生活滿心雀躍。
所以這次我一定要成功。
所以我才這麼下定決心。
可是……
可是、可是、可是……

對我來說理應要成為第一步的入學典禮，卻變成最糟糕的一天。

因為我在開往學校的巴士裡再次遇見了堀北鈴音。

她是知道那個事件的唯一人物。

只要那傢伙存在，我就沒有真正的平穩。

高度育成高級中學學生基本資料 時間7/1

姓名	幸村輝彥 Yukimura Teruhiko
班級	一年D班
學號	S01T004708
社團	無
生日	7月11日

評價

學力	A
智力	A-
判斷力	C
體育能力	D-
團隊合作能力	D+

面試官的評語

面試、筆試皆取得優秀成績，但因為國小、國中疏於溝通，沒有朋友，而且也完全沒參加社團活動或擔任志工。社會上學歷是必要的，但由於他有只憑學歷判斷他人的傾向，因此我們期待他有所改善。

導師紀錄

面對課業的態度認真，沒有問題。但交友關係上沒有進展，我會繼續在旁觀察。

逐漸改變的D班

體育祭結束，來到漸有寒意的十月中旬。

學校舉辦了決定負責下屆學生會成員的總選舉，接著馬上就迎來了學生會的新舊交接典禮。

這是集合全校學生到體育館的大型活動，不過，對大部分一年級學生來說，這也是段很無所謂的時間。學生看起來都昏昏欲睡，但大家都屏住氣息，以免被以老師為首，包含高年級學生在內等人給盯上。

「那麼，請堀北學生會長發表最後的感言。」

堀北學隨著司儀的發言，徐徐走向準備在講台上的麥克風。

如果是以前的堀北……我是指妹妹那方，或許光是哥哥登場她就會畏縮。

不過，現在堀北就像在守望哥哥辭退一般，帶著堅定的眼神凝望著他。

「我對可以率領學生會約兩年期間感到驕傲，同時也覺得很感謝。謝謝。」

堀北的哥哥結束極簡短的寒暄，便靜靜往後退，回到原本的位置。

內容完全沒有感動的語句，可以說是義務般嚴肅進行的寒暄。

然而，看來退休典禮不會就這麼結束。

講台上的學生會幹部們，沒垮下僵硬姿勢地站著。

「堀北學生會長，至今為止辛苦您了。那麼，在此有請新就任學生會長的二年A班南雲雅說句話。」

就任新學生會長的南雲被這麼呼喚便往前走，站在麥克風前。

在講台盛情守望其身影的學生會成員中，也有一年級一之瀨的身影。

「我是二年A班的南雲。堀北學生會長，實在感謝您至今既嚴格又親切的指導。能陪伴歷屆中也發揮數一數二領導能力的最佳學生會長，我甚感光榮，同時也想表示敬意。」

他說完，就朝堀北哥哥的方向深深低下頭，接著重新面向在校生。

「容我再次自我介紹。我叫南雲雅。這次將就任高度育成高級中學的學生會長。今後還請多多指教。」

那與我在體育祭上瞥見的態度截然不同，南雲非常溫文有禮。他在體育祭上露出的表情及態度全都銷聲匿跡。不過我這麼感覺也只是彈指之間的事。

南雲就像要一改沉穩氣氛似的露出小小的微笑。

「我就開門見山地說了。首先，我承諾將改變學生會的任期與任命，以及總選舉的做法。我認為可以把前學生會長堀北歷年在十二月舉辦的總選舉改成十月，這會是一種嘗試。在早期階段就轉移到下個世代的思慮，將產生一定的效果。因此，我判斷這是新學生會邁向新階段的時刻。我也會把學生會長，以及學生會幹部的任期變更成在學中無限期，而且直到畢業為止都能繼續任職。同時廢除總選舉制度以及規定人數限制，創造總是可以接受學生會幹部的制度。換句話說，只要是優秀且必要的人，不論何時、不論多少人都能成為學生會成員來活動。萬一有人在任期中被判斷不適任，我也會建立在會議上進行多數表決，藉此除名的規章。以此為開端，請容我向集合在此的學生、老師及前學生會長率領的學生會諸位幹部進行宣言──作為今後的學校制度……首先我打算把歷代學生會遵守至今，學校應有的模樣全都破壞掉。」

他如此強力地揚言。這發言彷彿在否定站在他身後的前學生會長的一切功績。

「我本來想立刻執行我所想的新體制，但是很遺憾，我無法這麼做。因為新上任的學生會長會有各式各樣的束縛呢。」

南雲瞥了前學生會長堀北一眼，隨即就轉向在校生們。

「我保證會在近期掀起大革命。有實力的學生就儘管往上爬，沒實力的學生就墜到谷底。我會將這所學校變成真正的實力主義學校，還請多多指教。」

體育館頓時因為這項宣言而鴉雀無聲。但隨後，幾乎所有二年級學生都發出喜悅的尖叫聲，並熱鬧了起來。也許二年級生與三年級生之間，有我們一年級不知道的戰鬥。這是讓我如此感受的事件。

1

我們結束了那樣的活動。現在是第二學期過半的某日午休。

我的周遭開始一點一點發生小變化。D班度過無人島、體育祭這種大型活動，雖然步調很緩慢，不過我們開始擁有作為班級的統整性。原本很小的朋友圈逐漸擴大，當初以為無法打成一片的人們也要好了起來。

大家對上課的應對也顯著地好轉。很大的因素應該就是帶來遲到、打瞌睡、私下交談、施暴這些種種不安要素的問題兒童——須藤展現了變化。

體育祭之後，儘管天數還不多，但可以看見他態度大部分都改善了。偶爾會看見他上課昏昏欲睡，但那大概是他在籃球社激烈練習帶來的影響。他課堂中就算很睏也一定會寫筆記。因為日後要整理給堀北確認，或許這般監視體制也帶來了影響。

他對池、山內那些朋友也停止使用粗魯的暴力，相處方式變得很和善。

這大概是因為自己恣意四處大鬧而覺得丟臉，以及不想降低心上人堀北對自己評價的關係吧。改變動機大致上就是這些。

總之，須藤正一步步紮實地成長，並開始提昇周圍對他的評價。

另一方面，這種變化不光是須藤，也來到了我身上。

雖然該把這理解成是好事還是壞事，其界線非常難以判斷。

「你一個人嗎？」

我正在整理近況時，被人從正側方搭了話。

「一個人不好嗎？」

感覺我隔壁鄰居堀北好像輕笑了一下。我稍微瞪了她。

「你重要的朋友——池同學、山內同學，來約你的次數急遽減少了呢。」

「……是嗎？」

她囉嗦地附上「急遽」這個字眼，表現出她壞心眼的性格。

「哎呀，是我誤會了嗎？最近中午和放學後，你好像都是一個人呢。」

池和山內帶著博士出了教室。他們是要去櫸樹購物中心吧。

我認為自己就像釋迦牟尼佛一樣冷靜，但堀北似乎看穿了一切。

對。這點應該就是我的其中一部分變化。體育祭之後，我就不太會受到最像朋友的兩人邀約。不，是他們變得完全不理我了。

「沒辦法呢。他們以為你們全部都是一丘之貉，是一群沒用的學生，所以才會團結在一起，

可是你其實藏著很強的體能。」

「什麼很強的體能啊。我頂多是腳程快了點吧。」

「但你的腳程之快——尤其就學生來說是很快的呢。再說，他們應該也回顧了至今為止的事情吧？他們大概也有注意到你測量握力的數值高於平均。況且，你應該知道吧？人基本上都有討厭別人優秀的傾向，加上你的情況是把優秀部分隱瞞起來呢。」

這種事用不著妳說我也知道。不過，我也不得不承認自己沒有明確理解。抱著「頂多只是跑得快」的想法是事實。

「那麼，你就慢慢享受單人生活吧。」

堀北留下一句挖苦，就好像要去哪兒似的飄逸著長髮，接著離開了教室。

她明明總是獨自一人，威風凜凜的態度卻有點令人尊敬。

我目送她的背影，這時，還留在教室的輕井澤對我投來難以言喻的視線。但眼神才剛交錯，她就彷彿沒打算看我這裡似的自然撇開視線。那眼神明顯別有意圖，但她沒有特別說些什麼，就慢了堀北一些走出教室。她飄揚的裙子長度之短讓人很在意，比其他學生們都更短一些。好像在誤差一兩公分的世界中全力生存一樣。

「那傢伙是怎樣……算了，沒差。」

「欸，綾小路同學。」

當我正思索要怎麼做時，身邊出現了一名意想不到的訪客。

她是和輕井澤同類型的辣妹型女生——佐藤。我不知道她叫什麼名字。她是和池、山內他們也很不錯的女生。我也有參加他們的群組聊天室，但和她幾乎沒有交集。

雖然是同班同學，但她是我幾乎沒說過話的對象。

她是願意親近男生的女生，感覺會像櫛田那樣受歡迎，但她沒那麼多身為異性的人氣。池好像是說她外表感覺很輕浮，一定很習慣男人，他謝絕那種婊子。真是複雜的男人心。

就拜訪的時機看來，她也許在等我落單。

佐藤帶著一副好像不太沉著的樣子張望四周。

「有什麼事嗎？」

面對稀奇的狀況，我只能這麼反問。

「嗯，算是吧。一言難盡。」

她含糊其辭。遺憾的是，我無法推測話題內容。

我太缺乏有關佐藤這名學生的資訊。

「那個啊——該怎麼說呢，可以稍微借個時間嗎？我有些話要說。」

這還真是稀奇。我稍微加強戒心，可是我膽子沒大到能拒絕邀約。比起鼓起勇氣拒絕，提起勇氣接受會比較輕鬆。

「這裡有點不方便，可以嗎？」

在我回答之前，佐藤好像就預測我不會拒絕，於是提出希望更換地點。我遵從她的意思，跟在她的身後。

「啊……」

在我要出教室之際，佐倉一副想說些什麼而出了聲，但結果她沒來叫我，也沒追過來。

我們出了走廊，來到通往體育館的聯絡走廊。到了午餐之後剩下的時間，因為利用體育館玩耍、練習的學生在移動上會使用到聯絡走廊，因此這裡都會很擁擠。不過現在大家大概都正在吃午餐，所以這裡在學校中也是數一數二的無人煙之處。要談事情，這裡或許很理想。

佐藤也沒有特別要和其他人會合，她停下腳步後便回過頭來。

「我要問件有點奇怪的事……綾小路同學，你有某個正在交往的對象嗎？」

「呃，這什麼意思？」

「就是字面上的意思嘛。意思就是有沒有女朋友……怎麼樣？」

若是被問有沒有的這種二選一，我就不會存在「沒有」之外的選項。

這就像在強調自己有多麼不受歡迎，雖然我覺得很不情願，不過就算說謊也沒用，所以我就老實回答了。

「是沒有……」

「哦——這樣啊……那麼，我可以把你當作正在招募女朋友嗎？」

她沒有瞧不起我，也沒有憐憫我，反而有點開心地露出笑容。

到這個地步，我也開始了解事情的發展是怎麼回事了。

這是為了陷害我的陷阱嗎？我姑且戒備著四周，不過沒有躲起來看我慌亂的那種人物的跡象。當然，出教室後我也沒被跟蹤。

那麼，這就會是佐藤自己，或是她身邊的朋友，有學生認為把我當作男朋友也不錯。為什麼會突然在這個時間點呢？

這也是堀北所說「但是你跑得很快」的關係嗎？

「從朋友當起也行——那個，和我交換電話號碼嘛。」

看來那並不是佐藤的朋友，佐藤本人好像就是那名志願者。

沒想到受到女生這般提議的日子居然會到來。

這是——近似告白前的舉動。

「總之，我明白了。」

我找不到什麼理由拒絕交換聯絡方式。

交不交往是更飛躍性的未來之事。現在我只不過是被要求交換電話號碼。

「嗯，這樣就完成了呢。」

手機顯示登錄完成的文字。女生聯絡方式增加果然是件令人開心的事。

和佐藤簡短互動之後，不知為何籠罩著奇怪的寧靜與氣氛。

「我問個很不識趣的問題。妳為什麼會突然來問聯絡方式啊？」

佐藤稍微紅著臉，並且別開了視線。

「問我為什麼……體育祭的接力賽跑，該說你非常帥氣嗎？或者該說至今你都在這麼近的地方，我卻完全沒注意到你？我本來覺得班上是平田同學最好，但他是輕井澤同學的男朋友，所以也沒辦法吧。」

她這麼說完，就抬頭看我，並急忙補上這些話：

「啊，該說所以我已經不覺得你比平田同學差了嗎？老實說仔細一看，你好像比平田同學還帥氣，看起來既穩重又溫柔……總之就是這麼回事啦！」

或許是她本人心裡的羞恥情緒膨脹起來了吧，句子最後的「啦」字我聽不太清楚，佐藤就像風一般離去。我的思緒跟不上與她之間發生的事件，於是佇立在原地。

我在意想不到的場所、意想不到的時機，被意想不到的對象告白。雖然說人生難預料，但這還真是發生了不得了的事。說起來，這種情況我該怎麼做才好呢？我對佐藤的感覺不好也不壞，只有普通地把她當作同學。那麼，拒絕告白才是正確答案嗎？

不，說起來她也沒有說要和我交往，或是喜歡我。我只是被問有沒有女朋友，並且被詢問聯

絡方式而已。如果要再補充一點的話，我也只是被她要求從朋友當起，並交換了聯絡方式。要是貿然拒絕，或許就會被她吐嘈，說我在誤會個什麼。那樣會非常糗。

告白與被告白，以旁觀者來看都還好，不過一旦變成當事人，就會對該如何應對傷腦筋。現在我很了解佐倉以前被山內告白時的心情。

當我帶著實在很複雜的心境返回校內，便在途中撞見A班的葛城與彌彥。

我以為沒必要特別搭話，葛城卻停下腳步向彌彥說道：

「抱歉，你先走吧。我有些話對綾小路說。」

彌彥加強了戒心，但也因為這是葛城的指示，他馬上就點了頭。

「堀北好像沒和你待在一起。」

「我們不是總會待在一塊。」

該怎麼說呢？比起跟女生，跟男生還真是好聊呢。

這麼一想，苦於結交朋友的我就變得很像是個笨蛋。

「說得也是。比起這件事，老實說上次體育祭最後的接力賽我很驚訝呢。那恐怕是別班任何人都料想不到的事態吧。」

話題當然會變成這個吧。我一點也不吃驚，而淡然說道：

「也就是說，D班不會就這麼被人壓著打。」

「原來如此。但大部分D班學生看起來也很吃驚。如果並不是每個人都是優秀演員，那知道你跑得快的人好像相當有限。」

不塊是葛城——我就先這麼評價他吧。他在那場騷動中也好好地觀察了周圍。

一般頂多會注意身為跑者的我或是堀北哥哥，可是他包含自己班級在內，也有仔細觀察所有班級。

「要怎麼想像都是你的自由，但我可什麼都不會說喔。」

「沒關係。我並沒有想硬從你身上問出什麼。」

「如果是敵對班級的話，都會盡可能地想要情報吧？還是說到頭來，從A班的立場看來，這是你們不把D班當作對手的從容表現？」

葛城稍微露出傷腦筋的表情，並往前邁出了幾步路，接著從窗戶環視外頭。

「我現在正被種種棘手問題追著跑，只是沒餘力注意別班。」

「你對堀北說過呢。叫她注意龍園。」

我只對葛城抛出直接得知的消息。

「那傢伙只要為了贏，都會不顧形象地前來找碴。有時候會不擇手段，像是做出如恐嚇或是暴力的行為呢。」

然而，實際上葛城戒備的不只是龍園吧。倒不如說，他應該對潛藏在A班的坂柳才加強了戒

心。話雖如此，我卻刻意不提及那件事。

坂柳有栖是個知道我過去，且謎團重重的學生。我若貿然打草驚蛇應該就會被蛇咬。

「恐嚇或暴力嗎？要是被學校知道的話，感覺會是很危險的事呢。」

「這代表他就是會手法高明地做出那種事的男人。請你繼續勸堀北別小看那傢伙。雖然這舉止很像對敵人雪中送炭，你或許會感到警戒，但龍園對A班或B班，以及D班而言，都是共通的敵人。」

C班與所有班級為敵地在戰鬥，因此事實上就是這樣吧。然而，葛城有和龍園一度聯手的跡象。不知能否一概相信。

我想到那件事，葛城好像就感受到了我的不信任感。

「你無法相信嗎？」

對於這項詢問，我決定稍微深入核心。

「老實說，我也有無法相信你的部分。很難判斷要不要把你的話如實轉達給堀北。雖然我無法說出消息來源，但有傳言說你和龍園合夥過。那是謠言嗎？」

「……你是在哪裡知道那件事情的。不，這也不必深究吧。」

葛城好像馬上就得到了某種答案。他沒有失去冷靜，繼續說道：

「現在我很後悔。雖然說是因為我心情上一時無法放鬆，但我實在不該跟他扯上關係。正因如此，我才希望你把這當作忠告。假如和那傢伙接觸，可是會受詛咒的喔。」

我不知道會有什麼優缺點，但葛城應該親身體驗過了吧。話中可信度不太明確，卻莫名地有說服力。

「我一開始明明就很清楚——清楚和那傢伙聯手的危險性。」

「也就表示那項提議就是有如此價值吧？就聯手的意義來看。」

葛城自嘲似的輕笑。

雖然我想這是雞婆，但葛城的表情不帶一絲從容。他應該也沒有焦急或不安的情緒吧。我決定再稍微深入詢問。

「我知道你戒備龍園，但問題應該在A班和B班吧？我看見十月公開的班級點數嘍。」

葛城緊閉雙唇，看來並不是不在意那件事。

A班在無人島結束的時間點，班級點數增加到一千一百二十四，展現出順遂的情況，不過在船上特別考試、體育祭上卻大幅喪失點數，退到八百七十四點。對照之下，追在後頭的B班則是七百五十三點。除了起跑時曾經在同樣水準，這是目前最接近的差距。

做個補充，C班是五百四十二點，我們D班則是兩百六十二點。

「我確實只能承認這不是個很好的狀態。我被學校結構耍得團團轉。無法完美掌握班級點數的構造也是因素之一。」

他果然不會貿然提及坂柳的話題。

話雖如此，但就如葛城所說的那樣，這所學校的點數系統有問題也是事實。

看似簡單，卻意外地有許多難以理解、不明確之處。

試著回顧就會很容易察覺了，入學之後學校就馬上對遲到、缺席、上課態度進行嚴格的審核。事實上我們D班就深受其影響，一次吐出了所有班級點數，這件事我現在仍記憶猶新。

然而，現在上課態度等等卻沒有反應到點數上的跡象。

現在我們當然都有在認真上課，但我不認為扣分已經完全消失。

現在想想，那說不定就是最初的「特別考試」呢。

「我原本是出身於鄉下的國中，這地方和我想像的高中生活截然不同。」

葛城這麼說完，就有點不滿地雙手抱胸。

「雖然這件事我們都知道，但這所學校是個有著難以理解，且不可思議構造的地方。最近我又再次感受到了這點。原本同年級的學生們應該要友好相處，彼此絕對不該互相敵對。」

只有不同於普通學校生活的這點不會有錯。學校創造了學生們難以和睦相處的機制。那也可說是由互相競爭的規則構築而成。根據狀況不同，也會發生要踢掉對手的互相憎恨的情況。這裡就是這種學校。

只是相對的，自己人……也就是自己班級裡的團結度基本上就會提昇。

唉，雖然這個班級團結性，除了B班之外，其他班級實在都很靠不住。D班有許多欠缺統整的單獨行動，加上C班獨裁政權，然後A班因為爭奪權力分成兩邊——這實在是很難以言喻的狀況。

「你不會覺得很不知所措嗎，綾小路？」

「老實說完全不會。只是想法不同，這點不會影響我判斷這所學校的好壞。如果撇開非得以A班為目標的這種框架，這裡就是間有魅力到令人感動的學校。只要在一定程度上努力，我們何止不愁食衣住，甚至還會因為學校支付的點數，得以獲得花在娛樂上的金錢。學校裡的任何設施都準備得很周到，而且無可挑剔。」

這點是住在這間學校所有人的共通想法吧。只要不是像仙人那樣，喜歡極端山中生活的怪人，沒有人會不歡迎現在的環境。葛城也無法反駁。

「我同意。要說有讓人不滿的地方，就是環境太完美吧。我不認為這是高一生可以受到的待遇。我們又不是熬過了特別困難的考試……說太多廢話了。總之，請你好好向堀北轉達龍園的事情吧。」

我受到寡言男人的建議，答應他會轉達堀北。

事實上，龍園也正紮實地對D班發動攻擊，試圖擊潰我們。

「你應該也只是想平穩度日吧。我們彼此都是辛苦不斷呢……」

我不由得這麼嘟噥。

2

當晚，我在房間放鬆時，輕井澤打了過來。我們交換了聯絡方式，但我仍對初次接到的電話有些驚訝，儘管如此還是接了起來。

『我有點事情想問你。』

我操作通話按鈕，把手機貼在耳際，輕井澤馬上就這麼說。

「如果有我能回答的，那倒是可以。」

『你被佐藤同學告白了吧？』

我對意想不到的疑問語塞。她怎麼會知道那種事？

『我先說，班上有幾個女生都已經知道了。』

「妳到底有傳達多快的消息網啊。這可是比網路還快。消息源是誰啊？」

『什麼是誰，就是佐藤同學本人呀。我事前就知道她今天要告白了。』

這就像內線交易之類的嗎……不，好像不太對。

「所以中午妳才會看我這邊？」

『……你果然有發現？』

「誰要和誰告白都無所謂，為什麼還要互相報告那種事啊？」

『因為女生就是這樣。事後互搶也很麻煩吧。』

這就是想要在所有物上先寫名字那樣嗎？

男生也有類似的現象，所以或許也不會不可思議……

即使如此我也有無法理解的地方。

「什麼互相爭奪，心儀對象相同的話，就算做不做宣言也差不多吧。」

『完全不一樣。要是突然宣言正在交往才會招人厭呢。是說，那種事情怎樣都好。我想問的是你的回答。』

不，被問那種事情，我也很傷腦筋。

「我的回答如何都不關妳的事吧？」

『是不關我的事……但該說不是毫無關連嗎？你來威脅我做出各種事，所以我無論如何都會很在意。女生的資訊網很廣，相對的，若是多餘謠言傳遍，我可是會很傷腦筋。我捲入麻煩事的風險也會增加。懂嗎？』

換言之，我和佐藤交往就會有說出關於輕井澤多餘資訊的危險性。或是只顧慮佐藤，而疏於

保護輕井澤。也就是說，她是想到這種事才打來的。再怎麼想顯然都是她想太多。

看似合理卻又沒那麼合理。輕井澤傾向進行與外表、言行不相襯的邏輯性思考，但這次有點太強硬了呢。

「反正妳不必操心。」

『你打算接受告白呀。』

「我沒那麼說吧。」

『你很像在那麼說吧，因為你現在沒肯定地說自己拒絕了。唉——感覺看得見你的內心耶，反正你就是會把她來告白當作藉口，然後想著色色的事情吧？畢竟男生就是那種生物。』

她的想法跳躍得很誇張。這就像是父母對在運動會上拿第一的孩子抬舉過頭，說將來能當上奧運選手一樣的思考過度跳躍。

「就算男人是那種生物，但起碼現在的我沒有那種情感。」

『那你就證明啊。證明你拒絕的理由。』

「什麼證明啊，我沒被告白。她只說希望從朋友當起，並且交換聯絡方式而已。」

『……原來如此。原來是那種感覺啊。』

為何我就非得對輕井澤說這種事呢？實在是太難為情了。

「這根本就談不上什麼接不接受告白吧。我們交換聯絡方式就結束了。」

『哦……算了，總之今天我就先當成是這麼回事。』

輕井澤的態度實在很高高在上。

都接到了她的電話，我就順便先把該確認的事情解決吧。

「我想先問一件事，妳在那之後都沒被C班的真鍋她們做些什麼吧？」

『……嗯，目前沒問題。』

她的聲調下降了一兩階。對輕井澤而言，這是她不想被提及的事件。

「我自認有採取對策，不過萬一發生了什麼，妳要立刻通知我。就算是那種不准妳說出去的強烈威脅，妳只要告訴我的話，我就一定會解決。」

輕井澤驚訝地屏住呼吸，從電話的另一端傳達了過來。我的表達有點強硬過頭了嗎？

『……我知道。該怎麼說呢？要是不請你派上用場，我也會很傷腦筋……』

為了在這間學校存活下去，輕井澤無論如何都必須守住現在的地位。

為此，她必須先徹底封住知道真相的人物。

然而，真鍋她們那種程度的學生應該連真相為何都無法理解吧。問題應該在於跟在她們身後的龍園。根據狀況不同，我會不得不攻擊那方。

不，那個時刻恐怕每分每秒都正在接近。

『話題岔開了，佐藤同學的事你要怎麼辦？交換了聯絡方式，也就代表有往下發展的可能性

吧？』

「我正採取保留態度。起碼我對佐藤一無所知。今後對方也未必就會來聯絡我呢。」

『那麼，佐藤同學要是不繼續纏上來，你就會甩掉她嗎？』

「什麼甩掉她，我們也只是交換了聯絡方式。我應該不會主動聯絡吧。」

我沒勇氣光明正大邀她約會，再說也沒自信把情況帶到告白方向。

『是嗎，我知道了。那就這樣嘍。』

輕井澤好像同意了什麼事情似的準備掛斷電話。

「輕井澤。」

『幹嘛？』

我以為或許趕不及，但叫住她之後，電話沒掛斷。

「先把和我的手機通話紀錄刪除吧。」

『那種事我早就做了。就連郵件也是。』

「真不愧是妳。」

就算沒有指示，輕井澤好像也有好好地在做事。

『如果只有這些事情，我可要掛掉嘍。』

「嗯。」

我在最後加上這段對話，並結束通話。

其實我在煩惱該不該再說一件事，但還是作罷了。

因為我判斷就算在現階段說出未來的假設，那也會變成輕井澤的重擔。

即使時刻到來，如果是輕井澤，她應該也會做出最低限度的應對吧。

而且——屆時被要求做出「物理上」的應對也會無可避免。

高度育成高級中學學生基本資料 時間7/1

姓名	佐藤麻耶 Satou Maya
班級	一年D班
學號	S01T004739
社團	無
生日	2月28日

評價

學力	D-
智力	D-
判斷力	D-
體育能力	C
團隊合作能力	C-

面試官的評語

小學時期很認真，成績也相較高分，但在國中變得會和朋友到處玩，一二年級大部分時候都可以看見遲到、缺席紀錄。國三時表現出恢復的徵兆，但現在學力正停滯不前。我們希望她可以增長開朗、正向的特質，並且以提昇能力為目標。

導師紀錄

她不論男女都會接觸，我希望她將此當作武器好好構築人際關係。

Paper Shuffle

某天，班級裡籠罩著沉重氣氛。

不過，這絕不是悲觀的氣氛，而是充斥著恰到好處的緊張感。

最先感受到這點的應該是班導茶柱老師吧。

「請就坐——你們事前準備好像做得相當好呢。」

她一來到教室，那個看不見的氣氛就變得更加凝重，並且急速冷凍。

本來應有的模樣、理所當然的教室光景——茶柱老師對這種常識般的氣氛藏不住驚訝。

「所有人都表情認真。實在不讓人覺得你們是那個D班呢。」

「因為今天就是宣布期中考結果的日子吧？」

池帶著有點緊張的表情說道。茶柱老師見狀便賊賊一笑。

「沒錯。只要在期中、期末考拿到不及格就會立刻退學。以前我告訴過你們，你們應該仍記憶猶新吧。會懷有緊張或不安也理所當然呢。不過，你們至今就連那種理所當然的心理準備都無法做好。我很高興能看見你們成長的模樣。」

面對至今無法看見的學生嶄新一面，茶柱老師覺得這很值得讚賞，但考試分數也並不會因此變好。我們不過只是做好了心理準備。

茶柱老師刻意說出那種理所當然的事。

「但結果就是結果，如果考不及格就要請你們做好覺悟。那麼接下來，我要貼出期中考結果了。進行確認吧，別弄錯自己的名字和分數。」

正因為這項警告是貨真價實的，老師才會叮嚀我們。如果有人無法接受結果而大鬧，校方應該也會不惜祭出強硬手段。因為遍布教室裡的敏銳監視器鏡頭，總是監視著同學。

「果然可以看見全部的考試分數啊。」

「當然，因為這是這所學校的規則。」

學校不管學生想保護個人資訊的意願，就在黑板上貼出D班所有學生的成績。那裡沒有任何隱私。結果將會毫無保留地漸漸被揭曉出來。就如業務員的業績目標表被貼在公司裡一樣暴露出優秀與不優秀的人。

這種時候，成績特別優秀與惡劣的人尤其顯眼。落後的人多少都會感到痛苦，受到周遭任意地施壓及蔑視。

「你們可以把所有科目的平均及格分數基準想成是四十分以上。考到未滿標準分數者，必然會受到退學處分。」

不及格界線與至今的考試幾乎沒有差別，但情況有點不同。

「現在起宣布的分數也會反映出你們在體育祭上的結果。就結果來說，表現活躍者之中也有人分數超過一百，但這同樣會以滿分處理。」

無法在先前舉辦的體育祭上留下結果的倒數十名，規定會在期中考上採取被扣十分的處置。D班的外村在體育祭上是年級裡最差的一個，不得不比其他學生科目上多拿下十分。

話雖如此，沒受懲罰的池或須藤等人的表情也很僵硬。因為考不及格就立刻退學的制度，就是如此給學生身心帶來重大負擔。

學生們緊張地看著慢慢貼出的考試結果。

然而，我隔壁鄰居堀北一點也不著急。

「喔、喔喔！不會吧！」

結果排序是從分數差的開始記載。換句話說，在第一學期的期中、期末考都穩穩拿下最後一名的須藤，當然會被印出來──許多學生都這麼想。但是，第一棒打者的名字卻是「山內春樹」以及他的各科分數。下一名是「池寬治」，接著是井之頭、佐藤、外村。外村的排名通常都會稍微高一些，排名低可想是因為在體育祭受到懲罰的影響。

「好險！我是最後一名！真的假的啊！」

所幸他每科都超過四十分。英文四十三分，擦邊低空飛過。平均分數差一點就達到五十分。

山內看到結果一時之間也嚇死了吧。他流了相當多冷汗。

比起這個，令我驚訝的是須藤。他至今都是定位在最後一名，這次考試卻大幅躍升至倒數第十二名。雖說有體育祭上得到的點數，但這也是很厲害的結果。周圍的驚訝表情便說明了這點。他的平均分數創下了五十七分。

「我一口氣大大更新自己的紀錄了！看見沒！而且差點就平均六十分耶！」

須藤一找到自己的名字和分數，就高興地吶喊並且站了起來，甚至還開心地跳起。

「別因為那種程度的分數就吵吵鬧鬧，你的狀況也是因為有體育祭的存款。真是不成體統。」

「唔，是、是的。」

須藤因為堀北嚴厲說出的一句話，雖然氣餒，但也冷靜地坐回了座位。

簡直就像隻忠犬。對主人的命令立刻反應並且執行。

「那個須藤居然拿下平均五十七分。讀書會的效果好像很不錯耶。」

就算是不拿手的英文，須藤也考出五十二分這個了不起的數字。

我聽說堀北針對這場期中考教了須藤他們那些不及格組讀書。雖然我沒有受邀負責教學工作，但那也理所當然吧。從其他學生的角度來看，我也沒被當作是聰明的那類人。再說，堀北本身應該也對我的學力持懷疑態度。

「讀書會的效果確實很大呢。假如毫無準備就挑戰正式考試，大概就會不及格吧。不過，這次大概是其他因素影響比較大。期中考本身是由比較簡單的問題構成，這也算是一種安慰。」

「或許就是如此呢。」

這次期中考與平常的考試相比，程度毫無疑問稍微低了點。因為其中也有好幾題我懷疑校方是不是放錯。正因為考慮到這種事，並且堅信不及格組確實超越了不及格標準，堀北才會不著急吧。對照之下，最後一名的山內對以相當大的差距輸給須藤，好像無法完全掩飾心裡的不甘。

雖然對不安於會考不及格的學生進行教學就和以前一樣，但須藤甚至假日都和堀北一對一學習讀書。戀愛的力量還真恐怖。雖然是一點一點，但他的學力好像也開始提昇了。

「你是平均六十四分，這實在是很絕妙的普通界線呢。你也該拿出真本事了吧？」

「我那樣就竭盡全力了。」

要是平時在五十分附近的我突然考一百分，一定會被捲入新的麻煩。

這種時候只要紮實地做就行——我自作主張這麼想。

話雖如此，但考慮到須藤的躍升，我再考高分一點應該也可以吧。

「我知道你在扮丑角，所以已經變得無法老實聽進你的話了呢。」

「雖然我也不清楚妳之前有沒有老實聽進我的發言。」

「說得也是。」

這點她就老實地認同了呢……

話說回來，雖說這次期中考的問題很簡單，但上段陣容也零星出現了得到一百分的人。別班肯定也考出了相當高的分數。

「這次期中考退學的人如你們所見是零。你們平安無事地熬過考試了呢。」

茶柱老師坦率地誇讚學生。好像實在沒有需要責難我們的地方，她的態度很客氣。

「當然啦。耶耶，我也很期待下個月的個人點數喔，老師。」

得意忘形的須藤手肘撐著桌子，光明正大地說著那種事。

茶柱老師對那種態度也寬容地接受，沒有垮下笑容。

「是啊，體育祭也沒有什麼問題。你們應該可以在一定程度上對十一月的個人點數抱著期待吧。話說回來，我就任這所學校以來的三年期間，過去的D班沒有任何一次到這個時期都沒有出現退學者。你們做得很好。」

茶柱老師以誇讚的態度評價班上的學生。正因目前為止都沒表現出那種模樣，好像有不少人很抗拒這罕見的態度。

「總覺得被誇獎心裡癢癢的耶。」

平時越少被誇獎的人好像越是害臊。

然而，堀北沒有一絲鬆懈。沒人不及格當然值得高興，但她了解茶柱老師不是那種只誇獎完就讓話題結束的人。

老師的態度變得越是沉穩，毛骨悚然的程度就隨之增加。

她妖豔地搖曳著綁起的馬尾，響起輕輕的腳步聲開始移動。

老師好像打算走教室一圈，而慢慢地走過桌子與桌子之間。

茶柱老師途中抵達池的座位旁，便停下腳步這麼說道：

「你平安無事通過一個考試了呢。我再問你一次，你覺得這間學校如何？我想聽你的評語。」

「這……是所好學校啊。順利的話也能拿到很多零用錢。食物之類的每個地方都很好吃，房間也很漂亮。」

「然後……」他一面掰著手指一面追加。

「有在賣遊戲，也有電影和卡拉ＯＫ，女孩子也很可愛……」

與這所學校之間的關聯性，只有最後一項似乎令人置疑。

「那個……我有說錯什麼話嗎？」

池好像變得無法忍受老師沉默聽他說話，於是請示似的抬頭望著茶柱老師。

「不，從學生角度看來，這無疑是很棒的環境。就算從身為老師的我來看，我也覺得這間學校實在太受益了。因為學校給你們在常識上無法想像的好待遇呢。」

老師再次邁步而出，走過最後面的座位，這次走來了我們這邊。

這就像上課可能會被點去答題時的心情。妳可別來找我搭話喔。

幸好那份願望好像實現了，茶柱老師這回停在平田隔壁。

「平田，你習慣這間學校了嗎？」

「是的，而且也交到了許多朋友，我正過著充實的校園生活。」

平田做出既模範又堅實的可靠對答。

「你背負著出了一次錯誤或許就會退學的風險，卻不會不安嗎？」

「我打算每次都全班一起熬過。」

平田總想著同學的事，看不出迷惘。

繞完教室裡一圈的茶柱老師回到講台上。

她好像想確認什麼事，我不太懂那會是什麼。

自作主張推測的話，她也許是想更詳細知道班級裡的士氣或氛圍。應該說是要看清我們能否應對今後降臨的試煉嗎？

「我想你們也知道，學校針對第二學期的期末考，下星期就會實施出了八科題目的小考。我想也已經有人開始針對考試讀書，不過我還是要再次告訴你們。」

「呃！才剛結束期中考鬆了口氣耶！又是考試！」

季節開始轉涼，不擅長讀書的學生們的痛苦時期接連到來。這是場只要還是學生就無法逃離的考試風暴。尤其，第二學期的考試間隔很短。

「是說，距離小考剩下一星期了吧！我可沒聽說過！」

池這麼喊道。但關於會實施小考，各科老師都不斷通知過我們。我對池這部分沒長進的言行都快忍不住嘆氣了。

「說沒聽過可不管用——雖然我很想這麼說，但你放心吧，池。」

茶柱老師像在垂下救命之絲似的露出笑容。

但我們也差不多學到那並不是純粹出於溫柔。

「真的嗎，老師！我可以放下心嗎！太好了！」

照理講……是要學會的呢。茶柱老師把視線從池身上移開，並繼續說道：

「首先第一點，小考共一百題，滿分一百分，其內容會是國三生的程度。也就是說，那是順便再次確認你們是否有好好學會基礎的考試。還有，它和第一學期的小考一樣，在成績上不會有任何影響。就算考零分、考一百分都沒關係。這完全是為了看清你們現狀的實力。」

「哦、哦哦！真的假的！太好啦！」

「不過——我要先告訴你們，小考結果當然並不是沒有意義。要說為什麼，因為這個小考結果會對下次期末考帶來巨大影響。」

該說是果不其然還是什麼的嗎？

體育祭才結束沒多久，下個課題就要開始了。

「那個影響是什麼啊。說得好懂一點啦。」

我也不是不懂須藤會想這麼吐嘈的心情。茶柱老師故意用激起班上不安的方式說話，拖延提及正題。

「要是我可以說得讓你好懂一點就好了呢，須藤。校方規定要以這次舉行的小考結果為根據，讓你們與班級裡的某個人組成兩人一組的配對。」

「配對嗎？」

平田對於和考試好像無緣的字眼回以疑問。

「對。該配對將以生命共同體的形式挑戰期末考。舉行的考試科目有八科，滿分一百，各科五十題，共計四百題。這次存在兩種不能考不及格的分數，一個和至今為止很相似，是所有科目都會設最低標準六十分，如果有任何一科未滿六十分，則規定兩人都要退學。而這個六十分是指搭檔兩人加起來的合計分數。例如，如果池和平田成為一對，就算池零分，只要平田考到六十分就安全了。」

學生發出驚呼。只要可以得到優秀夥伴，這就會是相當輕鬆的考試。

但，不及格有兩種是怎麼回事呢？

茶柱老師無視學生的反應，更進一步說明起另一種不及格。

「然後，這次新加上的退學基準，就是總分上也會被判斷有無不及格。就算八科全考六十分以上，只要低於標準就會算是不及格。」

「關於這點，它也是與搭檔的總分嗎？」

「沒錯。總分會依據配對的合計分數而定。學校將要求的及格標準還沒有正確數字出來，但往年的需要總分都在七百分上下。」

生命共同體，也就是共享分數的配對兩人都會脫隊嗎？

七百分也就代表著——因為兩人加起來是十六個科目，所以每科平均最低必須拿到四十三點七五分。

就算是堀北或幸村這種學力公認優秀的學生，根據合作的對象，他們也會背負相應的風險。

「您說及格標準還不明確，這是為什麼呢？」

「別這麼急，平田。關於總分的及格標準，我之後再好好說明吧。期末考一天考四科，分成兩天舉行。我之後會通知各科的順序。萬一身體不適缺席的話，校方會追究缺席正當性，若確認是無可奈何的情況，則會給學生從過去考試大略算出的預估分數。但如果是不符合休息的理由，缺席的考試則全都會被當作零分處理，所以請你們留意。」

也就是說，這是場絕對無法逃避的考試呢。管理身體狀況也算在實力之內，這是規定的路

線。

「話說回來，你們也稍微開始變得像是這所學校的學生了呢。如果是以前，明明在聽見考試內容的階段就會發出慘叫了吧。」

「……也習慣了啦，畢竟一路走來做了各種事。」

池不怎麼驚訝地回答。雖然很微小，但也可從中看見自信。

「真是可靠的發言呢，池。而且其中恐怕也有不少學生同樣這麼想吧。所以，我要給你們一個建議。只過完一年級的第一學期，最好別以為已經掌握了這間學校的一切。因為今後你們必須通過無數次遠比現在都辛苦的考試。」

「請、請別說這種恐怖的事啦，老師。」

一名女生畏懼地說。

「這是事實，所以沒辦法。例如往年在這場特別考試……俗稱Paper Shuffle之中，都會出現一組或兩組退學學生。大部分脫隊的都是D班學生。這絕對不是威脅，而是真的。」

至今都還抱著某種樂觀態度的班級籠罩著緊張氣氛。

新的特別考試到來。不過，所謂Paper Shuffle是什麼意思？

「低於及格標準的配對，毫無例外就是會被退學。如果你們認為我的發言只是威脅，那也可以去問問高年級學生們。你們也差不多建立起關係了吧。」

然而，儘管考試內容似乎這麼嚴酷，往年卻只有一兩組學生退學就了事了嗎？這樣感覺也有點不可思議。根據組合不同，這也很可能會演變成毀滅性的結果。

換言之，就是「這麼回事」了吧。

「最後，有關正式考試的懲罰。雖然這是理所當然，不過考試中禁止作弊。作弊者將立刻視為失去資格，並與夥伴一起退學。這點不限於這次考試，也適用在所有期中、期末考呢。」

作弊等於退學。乍看之下這大概是很重的懲罰吧。如果是普通高中的話，頂多就是所有科目零分，或是嚴厲告誡與停學。不過，既然考不及格就會馬上退學，作弊得用退學處理就會是無可避免的命運吧。在此特地警告的意義，就是要預防學生焦急而衝動犯錯——我就把這理解成是茶柱老師以自己的方式做出的建議吧。

不過，關鍵是配對制度考試。

「關鍵的配對決定方式，我會在小考結果出爐後通知你們。」

我聽見這句話之後，就馬上靜靜握住鉛筆。我鄰座的居民也幾乎同個時間點握住了鉛筆，邊面向貼在黑板上的紙張，邊開始寫起了什麼。

我斜眼瞥見她的模樣，就把握住的筆放回桌上。

我切實感受到了自己的行動有多麼不必要。

「說是小考之後？什麼嘛，要是和最後一名在一起的話，不就麻煩大了嗎？」

「唔呃！被健汙辱了！我絕對要讀書，並且逆轉情勢！」

「你可別勉強了。你也只是嘴上說說吧。我還會更努力讀書喔。」

山內表現出心中不甘，苦悶地趴在桌上。雖然須藤嘴巴很壞，不過只要有堀北在，他好像就會孜孜不倦地繼續讀書下去，正因如此他的話多少算是有說服力。

算了，重要的不在這裡，而是校方目前不告訴我們搭檔決定方式的這個部分。亦即，如果告訴了我們，我們就能變更搭檔對象——其中極有可能隱含這項事實。學生一路挑戰至今的特別考試或筆試，其中會有幾個人發現這點呢？包含在隔壁振筆疾書的堀北在內。

「接著還有一件事。期末考上學校也會請你們從其他層面挑戰課題。」

「還有一件……請問還有什麼事嗎？」

平田在班級有些微動搖的情況中圓場似的做出應對。

「對。首先，期末考要出的題目將會請你們自己思考並製作。再把該問題分配給自己隸屬班級之外三班的其中一班，也就是說，你們要對別班發動『攻擊』，迎擊的班級就會變成是要『防衛』的形式。自己班級總分與對方班級總分相比，獲勝班級可以從輸掉的班級那裡獲得點數。會是班級點數五十點。」

也就是說，我們要以小組維持在學校準備的不及格標準——各科六十分以上，同時也要超過往年七百分上下的總分標準。甚至，也必須在全班總分上高過對手班級的總分。

「請問點數有透過班級配對出現差距的可能性嗎？A班攻擊B班、D班攻擊A班，而假設A班成功進攻也成功防守，他們就會得到共計一百點。但如果是A班攻擊D班、D班攻擊A班的情況，那就會是一次定出勝負了吧？」

「關於這點有明確的規則。變得直接對決的話，班級點數會暫時變更成一百點，所以不用擔心。雖然是很少有的事，但如果總分相同就會是平手，不會有點數的變動。」

「由我們思考問題，並且對別班學生出題……我從沒聽過這種事。但，請問那會實現嗎？如果製作那種學生無法回答的問題，我想就會變成難度相當高的考試……」

「對啊對啊，像是沒學過的地方，還有不合理的陷阱題！不行啦不行啦！」

池等人束手無策地高舉雙手。

「當然，如果只交給學生們應該就會變成那樣吧。為此，你們完成的問題會由我們教師進行嚴正且公平的檢查。如果有超出教學範圍，或是無法從出題內容解答的問題，我們都會請你們修正。我們將會反覆確認，讓學生逐步完成製作題目與解答。應該不會變成你剛才擔心的那種事態吧。池，你確實了解了嗎？」

「嗯——勉強算是吧……」

他輕易就被哄騙了，但這不是那麼簡單的事。

「製作四百道題目嗎……好像會是相當緊迫的時程。」

距離考試為止剩下時間約為一個月。一個人製作題目的話，一天就必須做出十到十五道題目。人數增加越多就會越輕鬆，但題目品質應該就會出現參差不齊的情況。雖然學校算是有準備給學生製作題目的餘力，但考慮到向學校提出之後將有可能修正、變更，好像就必須以更快的速度製作。甚至如果考慮到D班擁有的「缺點」，出題時間就會相當緊繃。平田好像也知道這點，才表現得很不知所措。

「萬一題目與解答沒完成，學校也留有救濟措施。期限結束之後會全部替換成校方預先製作的題目。但是請注意，你們最好把校方準備的考試難度想成偏低會比較好。」

所謂救濟措施聽起來好聽，但實質上就像是敗北。

無論如何都必須完成題目。率領班級的實力者除了自己的課業，還必須思考、製作要出給別班的題目。這感覺會變成一場很艱難的考試。

「出題時要只在班級裡決定還是找老師商量，或是和別班、別年級的學生商討，抑或是活用網路，一切都自由。沒有特別限制。只要是校方能允許的題目，簡單也好、困難也好，學校不問內容如何。」

「我們要挑戰的期末考，當然也會是別班想的考題，對吧？」

「沒錯。你們應該會好奇的大概就是關鍵的指定哪一班——不過，關於這點很單純易懂。就是學生方指名一個希望的班級，並且由我向上呈報。到時如果和別班的志願重疊，學校就會叫出代表人舉行抽籤。反過來，如果沒有重疊就會這麼確定下來，變成要對那個班級出題。我會在下周舉行小考的前一天聽你們說要指名哪一班。在那之前你們要謹慎思考。」

考試照理來說是要面對校方，這次實質上卻變得要與某個班級進行一對一戰鬥嗎？

這麼一來，除了配對總分會被要求多少的疑問，還會涉及到複雜的機制。

「以上就是小考、期末考的事前說明。剩下就由你們去思考。」

茶柱老師這麼總結，今天的課程就全部結束了。

1

「我要開作戰會議，綾小路同學。你可以幫我叫平田同學嗎？」

下場特別考試一宣布下來，堀北就站起來這麼說道。

「了解。」

我簡短回答，接著向平田搭話。堀北在這段期間走去須藤身邊。現在我們D班正逐漸受到各種班級的注目。

這對我本身也開始帶來了巨大變化。

我至今為止都是不中用的存在，但因為在體育祭接力賽跑上表現的一場賽跑，一口氣提昇了名氣。這也是理所當然。我無疑會被龍園或一之瀨他們當作堀北背後的存在來強烈警戒。

那麼，通常都會怎麼做呢？

和堀北保持距離？突然保持距離的話顯然會遭受懷疑。

既然這樣，那我要一如往常在附近等待情勢經過嗎？但只要待在堀北身邊，就會無可避免遭受懷疑。

我想說的是，就算我做什麼情況也都不會改變。

對方大概會不管我真正的想法，而自作主張地過度解讀我的行動。

那麼，我就要用我自己的方式，將回到自己立場的原點作為目標。

至今堀北朋友之少，所以與我這個鄰居接觸的機會必然很多，但今後就不一樣了。以須藤為首，他與平田或輕井澤等人的接觸應該也會漸漸增加。

既然這樣，就相對地讓我保持距離吧。

我不是不想跟她要好起來，可是我不打算任由茶柱老師擺布。

如果堀北他們可以自己走出自己的路，我的負擔就會自然減輕。

我是這麼看的。茶柱老師在拉拔D班這方面，打從一開始就不必特別執著於我。照理來說，只要得到願意把班級往上帶的學生就行了。

至於為何不惜威脅我也要以A班為目標，我對茶柱老師的本意不感興趣。

然而，現在也確實還不是可以對堀北放手的時期。

假如在此放掉韁繩，D班就會失控，可以想見最糟的是會垮台。我要先把人聚到堀北周圍，再靜靜地逐漸淡出。

重要的是步驟，接著是準備及結果。

「他好像馬上就會過來。」

我叫了在和同學說話的平田，接著回來。

「我這邊的狀況也類似。」

須藤好像是去洗手間，我看見他先走出教室的身影。

「所以，我們該怎麼看待這次的考試呢？」

堀北在人到齊前，有點偷跑似的這麼問。

「只要按照茶柱老師的話去理解就可以了吧。這應該會是難度比較高的考試，雖然各科不及格標準偏低，但如果要贏過別班，必要的總分就相對會變高。而且配對這系統也很棘手。再加上如果是別班要製作題目，也可以預測難易度會提昇大約兩倍。特別棘手的是出題者個性越扭曲，難度就會變得更高。就算是答案相同的題目，根據題目內文不同，答對率也會大幅變動。」

「是啊……這次不光是讀書對策，還考驗著製作題目的能力。」

如果只是像先前那樣教擔心不及格的學生題目是無法解決的。雖然連別班擅長、不擅長的部分都掌握會最為理想，但他們不會那麼輕易就暴露底牌吧。

不過，要做的事情之中也有許多部分和目前為止的期中、期末考一樣。

在這層意義上感覺也可以把它理解成難度比無人島或船上還低。就如體育祭是考驗一路累積而來的體力，這次考試也可以說是考驗一路以來累積的學力。

「能使出手段就該使出。畢竟也有提示呢。」

「嗯，我有察覺。」

如此靜靜回答的堀北繼續說道：

「你平時都會注意對方的言行呢。校方都會把那些提示隱含在話裡的各處。茶柱老師的措辭中應該挑出的關鍵字是——小考結果完全不影響成績、總分不及格標準尚未確定，以及小考後會說出決定搭檔的理由這三點。」

面對這既完美且令人愉悅的理解，我不禁在心中洋溢笑容。

不久，被叫出的平田前來會合。

「久等了。是要討論針對期末考的對策，對吧？」

他好像也叫了輕井澤。輕井澤一副覺得麻煩地瞪著我們，但仍接受了要求，並往堀北這裡靠了過來。

「抱歉呀，因為我認為應該立刻商量。」

如果是剛入學的話，任何人都會對堀北的召集感到驚訝吧。也因為現在堀北在班上立場變得猶如參謀，同學們自然而然就接受了這點。

「如果沒問題的話，我想要立刻開始。」

「咦——要在這裡嗎？我反對——反正都是要討論，我們就去帕雷特嘛。好不好，洋介同學？」

輕井澤摟住平田的手臂，並且使勁地拉著，彰顯自己的存在。我一開始遇見輕井澤時，她就會使用這種方式撒嬌。順帶一提，帕雷特是學校裡的咖啡廳，是個午休與放學後都會以女學生為中心充滿活力的地方。我看著輕井澤的模樣時，霎時間和她對上眼。我不記得自己有特別指示什麼，輕井澤卻迅速離開平田的手臂，表現得不是很沉著。

「也不知道哪裡會有敵人的眼線——好吧。」

比起在此反駁招惹輕井澤的反感，堀北應該是判斷移動會比較輕鬆吧。雖然堀北本人沒有自覺，但這部分也可以說確實有所成長。

「那個，我也可以參加嗎？」

這麼加入話題的是同班同學——櫛田桔梗。

「會給你們添麻煩嗎……？」

「我贊成喔，櫛田同學也很了解班上的事。再說考慮到期末考，我也想先聽許多人的意見呢。」

輕井澤的立場是都可以，而什麼都沒有回答。那麼，堀北會怎麼做呢？

「當然呀，櫛田同學。我本來就打算遲早去叫妳。」

堀北像在說省下叫她的功夫似的立刻贊同。

「能請你們三位先過去嗎？我解決一下私事再過去。」

他們三人也同意，沒特別提出異議地答應，接著先前往了咖啡廳。

「拉櫛田入夥好嗎？」

對D班來說，櫛田桔梗是寶貴的戰力，但她與堀北的關係水火不容。雖然詳情只有當事人清楚，但也很難斷言櫛田不會前來阻礙。

而且，D班在體育祭上因為櫛田的背叛而陷入危機。

「在那種場面拒絕也很奇怪吧？」

確實如此。堀北會老實接受也是看準這點嗎？

「久等了，鈴音。」

「沒關係。討論場所也變更了。我預計要和平田他們在帕雷特會合。」

「哦，這樣啊。抱歉，我能去社團活動露個臉嗎？我想起學長有叫我去。我想二三十分鐘就會結束。」

「沒關係，你辦完事就立刻來會合。」

須藤露齒一笑，就拿著背包有點急忙地出了教室。

堀北晚了點也拿起包包。我配合她也決定動作起來。

「那我要回去了。妳好好加油吧。」

「等一下。我也要請你參加。作為平田同學與輕井澤同學的中間人，你是不可或缺的。現在的我對他們的影響力還不大。」

「……果然還會是這樣啊。雖然妳說影響力不大，但我想現在的妳可以在一定程度上順利控制班級呢。再說期末考是預習的累積。妳期中考沒有我的幫助也辦成了讀書會吧。」

事實上，安排商量到決定地點都是她獨力完成。就差那麼一步了。

「如果只看那點或許是這樣。但如果櫛田同學在場就另當別論，這是例外呢。而且我也有事必須先告訴你。最少要請你參加今天的討論。還是說，你對她的行動不感興趣？」

這說法實在很狡猾。在此先老實回答才會是上策吧。

「說沒興趣是騙人的呢。」

她對班上任何人都可以一視同仁對待，為什麼只對堀北展現出如此敵意呢？

對我來說，那也是件極為費解的事。我對這部分多少產生了興趣。

「如果你接受內容是只有我所知的部分，那我就跟你說。」

堀北如此斷言。她決定在這個時機說出，好像是有理由的。

「老實說，我不想做出四處張揚她的過去的行為，但我認為有必要先告訴你，所以你就讓我說吧。因為我覺得結果上應該會對我有益。」

「我還以為妳沒打算告訴我有關櫛田的事。」

「你是以什麼根據這麼想？」

「妳至今都沒有積極說出櫛田的事情吧。倒不如說，我完全無法想像妳們陷入敵對關係的原委。妳幾時跟櫛田發生糾紛的啊？」

我斜眼確認堀北的表情，她比我所想的還僵硬。

「我沒辦法在這裡講，你懂吧？」

雖然說沒有人在注意我們的對話，不過教室裡有無數耳目。

「……我知道了。陪妳就是了吧。」

我就期待內容有值得赴約的價值吧。

我們出了走廊，穿過人群之後，堀北就小聲地說了起來。

「要從何跟你說起才好呢。」

「從最初開始。因為我只知道妳們兩人現在關係不好呢。」

還有櫛田擁有的黑暗面。我想知道這點。不過我刻意不提及這點。因為我還不知道堀北知道什麼，以及打算說些什麼。

「我先告訴你，我對櫛田桔梗這名人物並沒有深入了解。你和櫛田同學最初是在哪裡遇見的？」

這大概是確認事項一般的問題吧。我姑且認真地答道：

「是在巴士裡吧。」

「對。我和你一樣，第一次見到櫛田同學都是在入學當天的巴士裡。」

那件事我現在也記得。當時有一名沒空位而不得已站著的老婆婆，櫛田對那名老婆婆伸出援手，試圖讓她坐到位子上。那本身是個善行，等於任何人都不會責難的善意。但遺憾的是，我記得沒有立即出現要讓座的人，櫛田當時費了一番功夫。我也是不打算讓位的一人，所以印象也很深刻。

「要說妳有被她討厭的要素，也就只有那個時候了……但如果是這樣，在她直接提出希望讓座時表示拒絕的高圓寺就不用說了，不打算讓座的我也會被她深深厭惡才對呢。」

我並不是打算說櫛田喜歡我，但她只對堀北異常強烈地表現出敵意。

「我當時還不認識櫛田同學。不，正確來說是不記得。」

「妳這說法代表妳和櫛田在這所學校相遇之前就有交集嗎？」

「嗯，我和她是同一所國中。那所學校的地點與現在這所的都道府縣都不相同，是一間非常特殊的學校。所以她大概作夢都沒想過會有出身於同所國中的人吧。」

「原來如此啊。」

我聽見這件事，便解開了一個大謎團。在我遇見兩人之前，堀北和櫛田之間的因緣就已經開始了。

既然如此我就可以理解了。我無法理解也是必然的發展啊。

「我是在第一學期的讀書會之後想起這件事的。我的國中是學生超過一千人的大型學校，而且我不曾和櫛田同學同班，不記得也沒辦法吧？」

假設堀北國中時期也是像現在這種個性，我一點也不會驚訝。

她應該是沒交朋友，每天都淡泊地只埋頭在課業裡。

「國中時期的櫛田是怎樣的學生？」

我們沒有直線前往帕雷特。因為判斷會因談話多少有拖延，於是就像在繞遠路地轉了一圈校內。距離咖啡廳越遠人煙就越是稀少，這樣也方便。

「誰知道。就像我剛才所說的，因為她和我沒有交集。不過，櫛田同學在當時受到了與現在在這所學校得到的評價相同，或是更勝於現在的評價，只有這點不會有錯。因為回想起來，我曾經看過她在各種活動上處在同年級學生們的中心的模樣。她對任何人都很溫柔，而且給人印象好，是個大紅人。雖然似乎沒有加入學生會，但應該相當有凝聚力。」

如果她有擔任職務，堀北可能也會記得她是同年級學生呢。確實，我所認識的櫛田也完全沒有就任任何職務。

恐怕就如堀北的證言，櫛田給人的印象之好從國中開始就沒有改變，而她現在應該也在發揮著這點吧。

兩人好像有交集，事實上卻沒有。我無法解開為何堀北會被櫛田如此厭惡的謎團。其祕密恐怕就藏在這話題的後續裡。

「看來她好像也不是無法和妳當朋友才討厭起妳的呢。」

這不是那種能不能交到一百個朋友的問題，即使是櫛田，她也不可能有辦法和全體在校生當朋友。

「嗯，關鍵的是接下來要說的內容。但是你要先記住，這完全屬於謠言的範疇。真相只有櫛田同學自己知道。」

堀北如此重新做了開場白，並嚴肅地開始說起。

「在我國三接近畢業，二月快結束的某一天，有個班級集體缺席的事件。」

「應該也並不是流感蔓延，對吧？」

「嗯，消息也立刻傳到我耳裡了呢——據說有某個女生成了開端，發生班級崩壞的事件。然

後，那個班級直到畢業為止期間都沒有恢復原狀。」

「那名女學生是誰，在這狀況下連想都不用想了，對吧？」

「就是櫛田同學喲。但我不清楚他們為什麼會被逼得班級秩序瓦解。校方恐怕也徹底隱藏了消息吧。如果見光的話，學校的信譽就會降低，也很可能會給許多學生的升學或就業帶來巨大影響。即使如此紙也包不住火。學生之間也根據種種猜測廣傳著謠言呢。」

「即使是片段也好，妳沒聽說過什麼嗎？」

我想知道那大略是怎樣的事件。堀北像在回憶當時似的說起話來。

「事件曝光之後馬上就有同班的學生談論這件事了呢。好像是說教室被弄得一團亂，黑板或桌上盡是誹謗、中傷的塗鴉。」

「盡是誹謗、中傷的塗鴉。櫛田遭受霸凌的方向也是可以想像的嗎？」

「不曉得呢，因為真的交錯著好幾個謠言。像是班上某人被霸凌，或是反過來是某人去霸凌誰。好像也有像是做出嚴重暴力行為的謠言，但是那些都很不清不楚。」

總之，當時好像流傳著無數個謠言。

「不過，我轉眼間就沒再聽見那種謠言了。關於那件事大家都變得不會去談論了。明明就有一個班級被逼得瓦解，卻被當作彷彿從一開始就什麼都沒發生。」

應該是某處施壓了吧。

「不管怎樣，如果資訊被限制的話，妳就算不知道櫛田就是班級崩壞的原因也情有可原。當時的妳對誰變得怎麼樣都沒興趣吧。」

「沒錯。關於志願學校，我報考的學校原本就決定是這裡，而且我對學力或考試都有自信，所以也沒留意那麼多呢。」

不愧是這傢伙。就算學校評價下降，她應該也有自信考上。

被認為是櫛田引起的事件導致班級崩壞。可想那恐怕是會給升學或就業帶來影響的嚴重事件。我從現在的櫛田身上完全想像不出的那種事。若是這樣的話，她無法饒過知道那件事實的人也就可以理解了。假如曝光的話，現在櫛田的立場幾乎就毫無疑問會完蛋。

「如果把事情整理一番的話，便是有個櫛田引起的事件，而妳對那個事件不太知道詳情。不過櫛田本人不認為妳不知道。她認為既然出自同一所國中，妳就會在一定程度上知道內容。就是這麼回事吧。」

「實際上因為我知道事件是櫛田同學引起的，所以這也沒錯呢。」

她嘆了口氣。這樣我就漸漸看得出堀北被放在怎樣的情況下了。

總之，櫛田單方面的誤會與敵意就是原因。對櫛田而言，過去的事件可以說就是如此重要，那是她絕對想徹底隱瞞的事。

就算堀北說她不知道事件，櫛田也不會相信吧。對櫛田來說，或許堀北對內容掌握到什麼程

度都很微不足道。雖然在原本的意義上很矛盾，但在堀北說出有關「事件」的話題，就等於是自己的過去被她知道了吧。這非常棘手呢。

「話說回來──我不懂耶。」

「你是指事件的內容？」

「嗯，全是謎團，甚至讓人很不愉快。沒問題的班級居然會突然秩序瓦解，妳認為這很容易發生嗎？」

堀北左右搖頭。

「櫛田是誘因，也就表示可能是她一個人讓班級崩壞。一個學生要做出多嚴重的事才能引起那種事呢？」

這規模的事件，若是誰霸凌人或誰被霸凌之類的程度，大概不會實現吧。憑那種程度頂多只能從班上除掉一兩個人。

「我也這麼想。老實說，我根本無法想像怎麼做才會變成那樣。」

就算我想讓現在的D班瓦解，那也不是這麼容易就能辦到的事。

「要讓班級瓦解的話，強力武器就會是必要的吧。」

「是啊……」

在此指的武器不光是物理上的意涵，還包括各式各樣的方法。

「如果你要讓班上瓦解，你會使用怎樣的手段？」

「雖然以問題來回答問題很抱歉，但那裡有沒有正義就另當別論了，妳知道這世上最強的武器是什麼嗎？是限於連櫛田都能操縱的東西。想想看吧。」

「我想我以前曾經對你說過，我認為『暴力』就是人擁有的最強武器。老實說『暴力』擁有獨一無二的強度。不論是多聰明的學者、地位崇高的政治家，到頭來都贏不過眼前強大的暴力。只要條件能滿足，就算要讓班級瓦解也並非不可能吧？因為只要把所有人送進醫院就行。」

雖然很危險，但堀北舉的例子也是事實。以瓦解班級來說也會實現。

「是啊，我對暴力是其中一種最強的武器也沒有異議。話雖如此，但櫛田要靠暴力逼所有人陷入絕境也不可能。那才真的會是個不得了的大事件。」

假如櫛田拿著電鋸四處大鬧，就不會變成校方封口就控制得住的那種事件了吧。那就會變成電視上也會騷動的情勢才對。

「如果有其他不輸給擁有獨一無二強度的暴力，而且能與之抗衡的東西呢？」

「你想到了嗎？想到她是如何讓班級瓦解的。」

「如果是由我執行的話——雖然是以此為前提所想到的呢。那就是——」

「等一下。」

堀北打斷我的話，她重新思索後這麼說：

「我是很想說『權力』，但這要在校園生活中執行很困難呢……」

雖然她想到了答案，但好像沒有信心。

「只要可以發揮的話，權力這東西相當強大，但那在這次事情上除外。就算是這所學校的學生會長也沒辦法吧。沒辦法靠權力讓班級瓦解。」

「那麼會是什麼呢？所謂任何人都能操縱，而且藏著讓班級瓦解可能性的武器。」

「不限於櫛田，什麼樣的人都可以操縱的武器——那就是『謊言』。人類天生就是會說謊的生物呢，所以任何人都能操縱。不過根據時間、場合不同，『謊言』甚至擁有吞噬暴力的力量。」

統計上清楚顯示人一天會說兩三次謊。乍看之下或許會覺得不可能，但謊言的定義很廣泛。「睡眠不足」、「感冒」、「沒注意到郵件」、「沒關係」，這各式各樣的一句話裡都包含了謊言。

「謊言……是啊，或許如此呢。」

謊言就是如此強大。一個謊還能把人給逼死。

「那麼，我就要在此收尾了。例如，假設全力使用最強武器『暴力』與『謊言』，妳能讓現在的D班瓦解嗎？試著認真想想。」

「我不會說絕對沒辦法。不過我也無法斷言做得到。試著假想的話，就算要靠暴力戰鬥，也有好幾人感覺很難打敗。老實說，我無法想像可以赤手空拳從正面打倒須藤同學與高圓寺同學。而且也有像你這種實力未知的人呢。假設準備鈍器那類武器，就算是偷襲，對手如果是所有人就另當別論了。這果然趨近於不可能呢。」

堀北好像比我想像的還認真思考，她拚命想出自己能夠採取的最佳方式。

「這結論正確。暴力任何人都能使用，但條件相當複雜。」

「話雖如此，但就算要撒謊我也無法徹底操控。再說，班上有很多比起暴力更擅長說謊的學生，所以應該沒辦法呢。戰鬥方式也不適合我。」

堀北試著做了好幾種模擬，卻好像無法回答。

「如果要限定於哪一方的話，我不認為櫛田同學擁有足以施暴的力量。換句話說，想成是使用『謊言』讓班級瓦解才比較自然吧。」

「是啊……」

「可是──她辦得到那種事嗎？」

「不知道耶。應該不是不可能，但起碼我也辦不到。」

只是要把一個人逼入絕境並沒有那麼困難。不過，如果是全班就另當別論了。

「是櫛田能操縱我們無法想像的暴力或謊言嗎？還是說──」

──櫛田擁有不屬於兩者的強力武器？

我不知道櫛田用了多大規模的武器，但無論如何，她真的讓自己班級瓦解的可能性很高。如果櫛田也是班級瓦解的受害者，就不會那麼仇視堀北了吧。

「我被櫛田同學當面說過呢，她說知道她過去的人，不論使出怎樣的手段，她都會把對方趕走。如果必要的話，她也會和葛城同學或坂柳同學、一之瀨同學等人聯手把我逼入不利的情況吧。事實上，她就和龍園同學聯手試圖陷害過我。只要我繼續待在這所學校，就算D班被逼入絕境，她也一定不會緩下對我的攻擊。」

「真是棘手。也就是說只要是為了隱藏自己的過去，她甚至有覺悟讓班級瓦解啊。」

「毫無疑問就是這麼回事了吧。」

她居然已經這麼對堀北宣言過了，別想成是半吊子的威脅應該會比較好。

然後，櫛田在宣戰後的狀況下來提議想參加堀北和平田的討論。這應該也是為了維持自己在班上的立場，但她進行敵對行為……也就是當間諜的可能性也很高。不過，就算有當間諜的可能性，我們也無法排除櫛田在外。櫛田至今一路在D班建立了信賴，如果突然把她當成外人，可能會招惹周圍的不信任感。

「就讓我確認一件事吧，堀北。針對櫛田的應對，妳打算怎麼做？」

「打算怎麼做是指什麼？我能選擇的選項極少，只能堅持對櫛田同學說『我沒有詳細知道內容』以及『我絕對不會把事件說出去』這兩件事，並且讓她接受。」

「那樣不簡單吧。櫛田應該會一直抱著疑慮，說起來即使只知道她讓班級瓦解的這件事實，她可能就無法饒過妳。」

堀北像這樣找我商量，櫛田應該也會充分考慮進去。

這樣想的話，也難怪我會被包含在她想使其退學的對象中呢……

現在，我就把這件事先放著吧。

「除了和她反覆對話之外，就別無他法了呢。不對嗎？」

「這點我同意。這件事是在談事前準備或拜託誰幫忙之前的問題。就如妳所說的，讓她發自內心接受應該就是唯一的解決辦法吧。」

假如從外側強行壓制櫛田，她遲早也會大力反抗回來吧。

「那就不必思考了吧。」

「我聽完剛才的話題，雖然很專斷，但也得出了結論。為了升上A班放棄說服櫛田，並且使出強硬手段，說不定也是必要行動。」

我這麼表示，堀北就露出生氣的表情瞪過來。

「那是指──讓櫛田同學退學嗎？」

我沒有否定，並靜靜點頭。先下手為強是戰術基本。

但堀北何止是同意我的提議，還露骨表現出強烈的嫌惡感。

「我沒想到你會對我說出讓人退學的這種話呢。以前我打算捨棄須藤同學時，教誨我別這麼做的人可是你喲。然後我就理解了——理解執行捨棄掉某人的那種作戰是不行的。事實上，如果拋棄當時的須藤同學，我就無法向前邁進了。體育祭上說不定也會有更悲慘的結果等著我們。而且我也就看不見在這次期中考進步的須藤同學了。不是嗎？」

那麼喜愛孤獨，而且一路以來都不需要朋友的堀北，竟然會改變到這種程度。堀北曾經關在自己的世界裡停止成長。她的急遽變化令我大吃一驚。不過，她要積極向前是無妨，但那以應對來說並不實際。堀北原本就不擅長對話，能不能說服櫛田是個疑問。雖然我很想誇讚她拉須藤入夥，但狀況可是大有不同。

「這和教人讀書就能防範退學於未然根本不能比。老實說，我沒想過櫛田的目的會是出於如此單方面的情感。我本來以為妳也有不周之處，只要改善就總有辦法，所以才會聽妳說。可是情況不是那樣。只要妳在這間學校，櫛田應該就會不斷地妨礙妳。但如此一來，團結互相合作的D班，以及學校制度本身就會瓦解。如果不及早使出手段，妳之後應該會後悔吧？」

面對這樣的教誨，堀北完全不打算同意。

豈止如此，她看起來還更堅定了意志。她用力挑起眉毛。

「她很優秀。把周圍變成夥伴的能力有多強不用說，她在觀察他人的能力上面也很優異。如果她願意成為夥伴的話，對D班來說確實會成為很強的戰力。」

我不打算否定這點。如果櫛田變成確實的夥伴，的確就會很可靠吧。

話雖如此，但那種事真的有可能嗎？

「我至今都沒面對和她之間的事。這也是我的責任。我不能捨棄掉她。我會不斷和她對話，然後也一定會讓她理解。」

她自己選擇了痛苦的道路嗎？堀北好像是認真為了班級而打算面對櫛田。就算我再繼續說三道四，也不會改變什麼吧。

「我知道了。既然妳這麼說，我就決定觀望妳。」

要是對我露出這般帶有堅定意志的雙眼，我也會變得有點想相信其可能性。

心想她是否也能把櫛田變成夥伴，就像她把須藤變成能夠信任的夥伴一樣。

「我不會說希望你在這件事情上幫助我。這也不是因此就會解決的問題。」

「是啊，這完全是我無法干涉的問題呢。」

我們聊了很久，也差不多要繞廣大校園裡一圈了。應該再一下就會抵達帕雷特。

「我會告訴你櫛田同學的事，是因為覺得你不會告訴任何人，而且覺得你會理解我。」

「抱歉啊，我無法回應妳期望的答覆。」

雖然她只是陳述了坦率的意見，卻完全無法得到我的同意。

「我提供了珍貴的資訊，所以也可以請你稍微回答我的疑問嗎？」

「回答什麼問題？」

堀北停下腳步，帶著和剛才一樣的堅定眼神，抬頭看了過來。看來除了櫛田的事情，她同時還有另一件事要說。

「你在體育祭上——對龍園同學做了什麼？」

「做了什麼啊……」

會對我拋來這個問題，也就表示堀北果然中了龍園的招數。我不清楚龍園在體育祭上的詳細行動。

如果解釋成故事就如我在腦中組成的那般進展，那答案就只有一個了吧。

「我只決定了決勝點。只是擊潰了龍園最終想到的計畫而已。」

「那個手段就是錄下龍園同學他們C班的作戰？」

我予以肯定，並輕輕點頭。

「作戰會議的錄音檔，通常不是有辦法拿到的東西。你是怎麼拿到那種東西的？龍園同學說過有間諜，但與願意暴露C班內情的那種人物之間的緊密羈絆，你應該沒有吧？」

堀北不知道輕井澤與C班真鍋她們在船上的糾紛，所以這也是當然的呢。

「我使出了各種手段。會有錄音檔也就是這麼回事。」

「還有另一件事。我也很氣你自作主張地支援我。這是當然的呢，畢竟你是以我會失敗作為前提行動。但實際上還是變成如你所料的結果，因此我也無法反駁。再說我被禁止對你的事情深入探究，所以也無法強烈尋求答案。狀況很棘手呢……可是，要是沒有你在的話，我現在就……謝謝你。」

「真是超拐彎抹角的道謝耶。」

我還以為會被嚴厲指責，想不到她最後居然說出答謝的話。

「因為我姑且在某程度上答應要幫忙妳了，這點事情我會先做好。」

「雖然我想這是雞婆，可是你做出顯眼行動沒關係嗎？龍園同學因為這次事件應該已經確信D班有某人在暗地裡行動才對。照理來說，你也進了那個候補裡。你大概期盼著平穩的日子吧，我認為這是那會受到威脅的局勢。」

堀北說得對。現況不是原本我期盼的。

但事到如今這份願望已經很難說了。茶柱老師隱約亮出那個男人的身影，再加上坂柳這名知道我過去的存在。到頭來，沒有人知道最後會如何發展。將來堀北的存在說不定會是張王牌。

總之，我現在正在死命尋找做什麼才會連繫至平穩。

堀北帶著一臉「怎麼樣？」的表情，等待著我的回答。

「是啊……我要保留回答。」

「做長時間思考，最後卻保留答案。我變得搞不太懂你這個人了。」

「妳從一開始就不懂了吧。」

「說得也是。」

我不記得自己有表現出來，也不記得有讓人探究。

不管怎樣，堀北都沒閒功夫專注在我或是龍園身上。

因為如果不設法處理櫛田這個潛藏在D班內側的毒物，她就會連起跑線都站不上。

2

「啊──真是的，妳剛才在做什麼啊？也太慢了。連個道歉都沒有嗎──？」

我們一抵達帕雷特，輕井澤就怒視堀北，不斷地發牢騷。

「我馬上就會開始。畢竟平田同學也有社團活動吧。」

「唔哇，無視我。感覺真不愧是堀北同學……」

堀北爽快地無視輕井澤要求的道歉，並且就坐。

「而且還完全不道歉。」

這麼一來以我和堀北為首，這場面就集結了平田、輕井澤，以及櫛田加上須藤。

確實距離社團活動開始已經沒那麼多時間。

已經要下午三點五十分了。因為這所學校社團活動的開始是下午四點半。最該著急的是隸屬足球社的平田，但他表現得很沉穩，始終面帶笑容。他好像滿心期盼著這種會議場面，他那雙少年般的眼神燦爛地閃耀著。

堀北就坐，連買來的飲料都沒拿，就立刻開口說：

「那麼，我們就從下次舉行的小考開始說起吧。」

「應該可以不用太在意吧？期中考開始接連舉行的讀書會對大家來說負擔也很大。而且，幸好學校似乎也保證小考完全不會反映在成績上呢。」

期中考、小考、期末考。連喘息時間都沒有的讀書暴風，對於不擅長的學生們來說，這應該成了一股難以忍受的壓力。

「是啊，我也不打算勉強逼大家讀書。不過，我不認為校方實施小考純粹是為了看出學生實力。因為我們才剛考過期中考。」

「不是因為期中考的問題很簡單嗎？」

「所以小考就會出很難的問題嗎？這樣效率只會很差呢。」

為了提出小考的意義而去除期中考的意義，是本末倒置。

「也就是說，小考本身是有意義的吧？是有看學力以外的目的嗎？」

「什麼什麼？這是怎麼回事呢，洋介同學？」

輕井澤對堀北的發言不太感興趣，但換作平田的話，她的興致就會提昇。

「如果舉行小考的理由不是為了確認我們的學力，那就代表著一件事。小考結果會給期末考的搭檔選定帶來影響。應該就是這樣吧。」

須藤傾聽平田與堀北討論，表情嚴肅。

「你懂了嗎，須藤？」

「……勉強。」

看來目前他的理解程度似乎相當靠不住。我們不在乎這種事，繼續進行話題。

「握著期末考關鍵的搭檔選定，一定是有規則的。換句話說，只要可以找出規則，就可以針對期末考使出有利的一招。」

「這是什麼意思啊，綾小路？」

須藤來輕聲說悄悄話。他不直接問堀北，應該是為了不打斷對話吧。

「意思是說，搞定小考就是通過期末考的最低條件。」

「是吧，我就是這麼想的。」

須藤的眼神出色地游移。他正在撒好懂到不行的謊。

堀北的解讀毫無疑問是對的。想成是依據小考結果決定配對沒有錯。然後，那之中必有可以看穿的規則。

學校答應之後會向學生說明，所以他們絕不會做出複雜、奇怪的決定方式。

至於堀北理解到什麼程度，就讓我見識她的本領吧。

「像是分數相近的人們——是這麼回事嗎？」

輕井澤準確理解並且聽著對話，不經意地說出了規則。

「像是答對或答錯題目很相似，不是也有那種的嗎？」

須藤聽見那句話也拚命地絞盡智慧，說出他想到的法則。

「哪一種的可能性，我都無法否定呢。」

平田面對這樣的堀北好像有些許疑問。他臉上的笑容消失，轉為認真的神情。

「我大致上理解了，但我對規則性有些懷疑的部分。」

「是什麼呢？無論是怎樣的意見，只要能得到，我都很感激。」

對於平田的提議，堀北以一副歡迎的表情望向了他。

「如果有剛才說的那種法則存在，總覺得只要向高年級學生確認，答案就會立刻出來。如果往年也有進行相同的考試，其規則相同的可能性也會很高呢。這會是那種老師要刻意隱瞞的事情嗎？」

櫛田至今都靜靜聽著話，她聽見這番話，好像也有表示贊同的部分。

「我也對此有些疑問。我想如果是關係不錯的學長姊，他們似乎會願意告訴我。」

如果是簡單的法則，就算一開始告訴我們應該也無妨。所以這也蘊含著不存在法則，或是法則很複雜的可能性。他好像是想這麼說。

「真不愧是洋介同學，你說的沒錯呢——」

堀北斜眼看著稱讚平田的輕井澤，並且沉思地雙手抱胸。

「我確實也不是不能理解平田同學說的話。不過，校方對於找出規則應該也不抱持否定態度吧。我反倒認為被學生發現才是前提。」

「這什麼意思啊，鈴音？說得好懂一些啦。」

須藤好像思考過度，頭快要冒煙，而忍不住問道。

「換句話說，妳是說找到規則不是終點，而是知道規則性考試才會開始嗎？但如果是這樣，萬一沒看穿規則時也可能會招致毀滅性的結果呢。」

平田想像到班級半數退學，這個最糟劇本了嗎？

「我想這才是這次考試的核心。雖然是假設，但就像平田同學剛才說的那樣，假如我們沒識破依據小考結果選定搭檔的規則性，就會輕易地通向毀滅性結果嗎？不論有沒有包含客套話在內，但茶柱老師說過了呢。說過D班至今沒出現退學者還是第一次。即使是往年也只出現一兩組搭檔退學。你們不覺得有某些蹊蹺嗎？」

「不行了，我完全不懂。」

須藤放棄，把額頭撞上桌子。

「我開始看出來了喲。堀北同學，妳想說的是『學校設定成就算沒看穿規則性，對期末考也不會造成嚴重的損害』，對吧？」

「正確答案。」

「我可以姑且問問妳的根據嗎？」

面對堀北那帶有自信的態度，輕井澤問道。

「期末考要以搭檔挑戰，而且我們的平均分數是至今最高的。考慮到學生出的題目難度會很高，假如沒有發現規則性……如果沒識破規則性就挑戰考試，就只能想成會有悲慘的結果等著我們了吧？」

「是啊。萬一接近不及格的兩名學生成了一組，我覺得會相當痛苦。」

「我們就是害怕這點才要找出決定搭檔的規則性吧？咦？」

「對，我們絕對會想先知道法則。然後，就如平田同學所說的那樣，我們絕對會想避免接近不及格的學生們編成一組的最糟情況。不過，茶柱老師說過，往年只出現一組或兩組退學學生。一兩組學生退學，這樣不是太少了嗎？假設我們班成績差的學生們不幸被編成一組，光這樣就會有將近十名學生脫隊了呢。」

「……原來如此。是這麼回事啊。」

「欸，洋介同學，這是什麼意思？我變得有點搞不清楚了。」

「呃，我想想。該怎麼說明才好呢？那麼，為了讓腦袋放空，我們就先把要不要識破法則擺在一旁吧。我希望妳試著這麼假想——假設我們『不知道法則的存在』就挑戰考試，妳覺得會變得怎麼樣？」

「咦，這不是很不妙嗎？如果腦筋不好的學生集中，或許退學人數就會變得很驚人。」

「一般是會這麼想的呢。但往年出現退學者的只有D班，而且還是一或兩組。」

「那樣不是很奇怪嗎？」

須藤好像也察覺這點。

「這件事情上重要的就是『搭檔編組是設定成必然會變成均衡組合』的這點。換言之，那也就是『法則存在的證明』。」

我們透過逐漸深談這件事情完成了「法則的證明」。

「考慮一切過程與結果所導出的答案，就是『得分高和得分低的人會組成配對』這個規則。除此之外就無法想像了。假設我是一百分，而須藤同學是零分的話，最高分與最低分差距最大的兩人就會配成一對。藉由這麼做，就會算出最平衡的考試結果。」

輕井澤理解了，但又浮出了新的問題。

「原來如此呀——可是啊，這樣平均分數附近的學生，不就是最危險的嗎？」

「是啊，分數越接近中央，種種危險性就越是會提昇呢。」

分數低的學生會和分數高的學生編組，但中間層與同樣是中間層組隊的可能性就會變高。但反過來說，小考的題目水準預計會是某程度上很困難的考題。

為了正確測量學力的題目應該正等著我們。

事前的商量或對策，大概也可以在一定程度上避免這點吧。

「如果向高年級生確認規則，他們也回以相同答案，那規則性的問題就解決了。也表示我們可以前往下一個階段。平田同學、櫛田同學，可以麻煩你們和高年級生確認嗎？」

「當然呀。」

「我會問問看足球社的學長們。」

兩人爽快地答應。總之，這樣就可以看見對付小考的策略了。

「我還想問一個問題。」

「請說。」

即使面對輕井澤的疑問，堀北也毫無不願之色地催促她說話。

「雖然說是要組隊，但如果班級人數是奇數，這會變得怎麼樣呢？」

「雖然也有令人在意的地方，但現狀不須擔心這點。A班到D班入學時所有班級的人數都是

偶數。因為沒出現退學者，所以不會帶來影響。不過，雖然這是我擅自的推測……如果出現退學者的話，應該就會被迫進行苦戰了吧。」

「是這樣嗎——光缺一個人就會損失，不是很可憐嗎？」

就櫛田的角度看來，她好像認為校方應該會有溫柔的補救方案。

「本來入學時人數就一定會湊成偶數，也代表即使是因為不測事態退學或者休學，這也會作為班級責任來讓我們背負吧。」

無人島和體育祭時，校方對於不參加者都處以毫不留情的懲罰。確實帶給人這種可能性很高的印象。即使是出現一名退學者，今後的考試也有很大的可能會有巨大的不利。堀北大概也察覺到拯救須藤的重要性。

「解決疑惑了嗎？」

「嗯，算是吧。算是了解光想就是白費力氣吧。」

輕井澤的小小疑問被清除，大家移往下一個議題。

「只要確認小考的法則正確性，就可以前往下個階段，但我在意的是另一方面……我們要指名哪一個班級戰鬥。我的答案很簡單，我們該瞄準的就只有C班。」

堀北在聽取其他人的意見之前，先說出了自己的意見，也接著繼續闡述根據。

「理由不用說，就是綜合學力的問題。C班在學力上劣於A班和B班，僅此而已。這點只要看見至今的班級點數，就很清楚了吧？」

這就基本想法來說應該沒錯。特地挑戰學力強的班級幾乎沒意義。然而，平田儘管理解這點，但也稍微補充道：

「我贊成喲，堀北同學。不過，A班和B班當然也會攻擊這點。如果假設C班學力上較差，應該也很有可能重複到吧？如果是可以想像到的壞模式——」

平田在筆記本上寫出想像出的組合。

A班指名D班↓沒與任何一班重複，確定是D班。

B班指名C班↓抽籤獲勝↓確定是C班。

C班指名B班↓沒與任何一班重複，確定是B班。

D班指名C班↓抽籤輸掉↓強制確定是A班。

「雖然是很不好的案例，但變成這種形式也很有可能吧。」

「唔哇，變成這樣就太糟糕了耶。我們會被聰明的A班出題，而且也就必須以A班為對象出題了吧？總覺得沒辦法贏耶。」

「是啊，別班沒理由不盯上C班吧。可是，我們也沒理由害怕逃避。應該不必降低獲勝的可

能性吧？」

堀北主張就算背負抽籤風險也應該瞄準C班。

「A班和B班之間有明確的學力差距嗎？我也很好奇我們和C班之間有多麼不同呢。」

我試著丟出很單純的疑問。

「起碼A班比較優秀是沒有錯的呢。不過，我認為也不是明顯不同的程度。B班和C班在綜合學力上大概有相當大的差距吧……關於這點我會好好刺探一下。」

我們了解D班的平均學力，關於別班卻了解不深。

回想起來，校方也沒有告知這點。我們唯一知道的頂多只有班級點數的差距。我們無法從點數差距明確推測出學力。就算從這點來看，或許也是因為學校看準要舉行像這樣的考試吧。班級點數多寡也不是純粹的學力差距。假如B班在學力上勝過A班，我們可能也會見到慘痛結果吧。

話說回來——我悄悄望向坐在堀北隔壁的男人。

幾乎同時，堀北也覺得不可思議地向那名男人搭話。

「你還真安靜呢，須藤同學。你這種時候多半都會很吵才對。」

「這個話題又不是我能理解的等級，要是吵鬧的話會打擾到你們吧？」

須藤說出這般理所當然的事，所有人都屏息似的陷入了沉默。

「什麼嘛，我說了奇怪的話嗎？」

「就是你說出了很理所當然的話，所以我才很驚訝……該怎麼比喻現在的心情才好呢？」

她大概以為須藤絕對會在中途插話過來，使討論變得混亂吧。

面對須藤出人意表的乖巧，她心中似乎閃過了無可比喻的衝擊。

「唉，我能說出的一件事情，就是我們要逐一打敗對手，對吧？我們不可能一口氣變成A班，所以攻擊差距最接近的C班，當然才是比較淺顯易懂的選擇。」

「原來如此。瞄準C班或許確實也有這種層面呢。我們可以在總分上贏的話，就會一口氣縮短與C班之間的點數差距。」

「我可以理解。但這樣A班攻擊C班，我們會比較開心吧？畢竟A班總分上毫無疑問會勝過他們，這樣C班失去點數，我們不就很幸運了嗎？」

「這就要看我們在這場考試上瞄準什麼程度的結果。但綜合上來說，應該瞄準C班果然還是不變的。我們就期待會有某個班級和我們重複指名，並由別班來擊敗C班吧。」

如果是要減少C班的點數，或許由總分大概會變得很高的A班或B班進攻確實會比較好。不過，D班也想撈到勝利並得到分數。要提昇可能性的話，對手弱一點會比較方便。要迴避C班就代表必須擊敗強敵。結果堀北的攻擊C班方案——總之，就是攻擊弱小班級的作戰才最靠得住。

「做了種種考量，大家好像也贊成堀北同學的方案呢。那我也順從這個提議。」

平田應該也只是不願事情鬧大，才提出各種可能性給周圍的人吧。

「謝謝。這樣感覺就可以進入下一個階段了呢。」

透過一定程度的商量，儘管出現令人在意的部分，但大家的方向性也一致了。

我們過了下午四點之後就解散，平田和須藤都去參加了社團活動。輕井澤也跟著平田往操場離開。剩下的就只有我和堀北，以及櫛田。

「那麼，我也會問學長姊們考試的事，然後再向妳報告。」

「麻煩妳了。」

櫛田沒在此特別提及那個話題就離去了。這也是當然的吧。

「你打算怎麼做呢，綾小路同學？」

「什麼怎麼做，交給妳和平田就沒問題了吧。老實說目前的發展幾乎是滿分，無可挑剔。妳對這次的預測也很有信心吧？」

「到目前為止算是呢。但要挑戰期末考就必須從正面累積實力。」

「是啊。總之，要是全班不提昇學力，就沒什麼好說的了。但如果換個說法，這也是提高一定程度的學力就能通過的課題。如果有需要的話，我也可以按照妳的希望調整分數，和隨便一個人組隊。」

「我可以把你的人頭算進來吧？」

「如果只是要這樣的話。如果必要的話，我也會參加讀書會，不過我不負責指導。」

「因為你要徹底扮演沒用的學生呢。」

「我只是如實呈現事實。」

就我能給堀北的折衷方案來說，這是個很妥當的界線吧。雖然我這麼想，但這女人靠普通手段好像行不通。

「讓我想想。畢竟你也是D班的一員，我想給你一個適當的職務。為了所有人都勝出。」

「……我會考慮。」

我光這麼回答岔開話題就竭盡了全力。

高度育成高級中學學生基本資料 時間7/1

姓名	外村秀雄 Sotomura Hideo
班級	一年D班
學號	S01T004686
社團	無
生日	1月1日

評 價

學力	D
智力	C+
判斷力	D
體育能力	E
團隊合作能力	C

面試官的評語

無突出之處，是名能力平均的學生。討厭且不擅長運動。國中時期開始就有很強的電腦相關技術，經常取得優秀成績。在增長擅長領域能力的同時，也急需致力於運動及改善認知。

導師紀錄

由於體重顯著增加，我會指導他要有學生的樣子適度運動。

開始行動的C班

同一天、同時刻的放學後，某間教室裡的氣氛異常凍結。

原因一目了然，那是因為坐在C班講台上俯視同學的男人散發出的威嚇感。

「回顧目前為止的考試，還真是有好幾個不自然之處呢。」

回憶般開口說話的男人名為龍園翔。他是C班的領袖，是個獨裁者。端正地站在他身旁的，是山田阿爾伯特、石崎等武鬥派。能讓人感受到這種沉默的威脅——萬一出現要對龍園造反的學生，他甚至不惜用拳頭教訓人。

「不過，變成這樣可不是說巧合就能解決的。」

那句話乍看之下像是自言自語，卻又帶著彷彿在說給某人聽的曖昧感。

「不管無人島也好，體育祭也好，D班裡都藏著與我想法相似的人。」

「類似龍園同學嗎？我不認為D班存在那種傢伙呢……」

石崎忍不住發言，心想不可能會有其他像龍園這種類型的人。因為龍園是同時擁有會讓人尊敬與輕蔑這兩種情緒，既奇妙且令人費解的存在。龍園露出笑容，看著石崎。

「我也曾經是這麼想的呢，但我總覺得開始有了真實感。」

「這也和無人島與體育祭的結果有關係嗎？」

「就是這樣。不過放心吧，對方的做法我大致上已經有頭緒了。聽好啦，你們。今後我們要徹底盯著D班攻擊。A班和B班就先擺在一旁吧，我一定要揪出在D班背地裡活動的人。」

沒半個學生對龍園的方針有異議。就算有人不服，也不可能做得出什麼發言。因為班級已經和惡魔簽訂了契約。

「龍園同學……請問D班真的有在背地裡行動的傢伙存在嗎？表示那個人和堀北或平田是不同人物，對吧？」

「對。然後，在這個班級裡的人，就擁有抓住那傢伙真面目的關鍵呢。」

他的目光從石崎身上移開，再次投向C班同學。

「你想說什麼，龍園？」

在這沉重氣氛中，伊吹站在教室一隅雙手抱胸，同時對龍園拋出這句話。

「呵呵。伊吹，妳連安靜聽人說話都做不到嗎？」

「我沒那麼閒。而且你就算一直威嚇同學也沒好處吧？」

「沒權限的傢伙就別多嘴。妳之前出了洋相吧？」

「那是……」

面對這句話，伊吹只能收回她的發言。尤其她在體育祭上的失敗很嚴重。伊吹擠掉龍園原定為了擊潰堀北而召集的學生，提出要直接和她對決，結果卻輸得很可惜。她差一點就追上堀北了。

然而，伊吹也留有反駁的選項。她放下抱著的手臂，瞪著龍園。

「你也半斤八兩吧？到頭來你在體育祭上沒能徹底擊潰堀北，該回收的個人點數也沒得到吧？不就跟我一樣嗎？」

「妳說一樣？別開玩笑了。我在體育祭制定的作戰是完美的。」

「既然如此，那結果又是什麼？也不做說明，如今才說什麼有個傢伙和你有同樣的想法？這樣就要叫我接受？」

班上的學生們都對伊吹一連串的發言戰戰兢兢。因為他們想避免觸怒龍園。但龍園不管這份擔心，而是不斷露出微微的笑容。

「妳不認為無論是多麼完美的作戰，只要洩漏出去就沒意義了嗎？」

「……洩漏？」

「在D班暗中行動的謎樣存在X，竟敢拉攏並操縱在我支配下的C班學生呢。總之，就是我們當中有間諜。」

教室裡因為這發言而發生小小的混亂。伊吹也睜大雙眼備感驚訝。

「你是認真的嗎……？」

「因為這是事實。我的凝聚力——不，是支配力似乎不夠。真是非常遺憾。」

龍園對或許混進間諜的事實開心地笑了。

這場災厄平等降臨至接著要回家，以及打算要在社團活動上拚命練習的人身上。現在在場所有人都祈禱著這段時間盡快結束。

「不過，這個胡鬧的間諜活動也要在這個瞬間結束了。」

龍園用手掌拍了講桌，控制住混亂，場面便再次沉入一片寂靜的海洋。

「我就先老實地問。背叛我的人，把手舉起來吧。」

他毫不猶豫地直接這麼宣言。理所當然地，同學中沒人舉起手。當中就只有撇開視線，裝作與己無關的人、心想會是別的誰而東張西望的人，或是動也不動地藏住氣息，不引人注目的人們。

「我想也是。如果會輕易站出來，說起來就不會背叛了吧。」

間諜的存在也許會動搖C班，可是，龍園卻內心雀躍。

「我清楚間諜打算隱瞞到底。那麼，就不必站出來了。不，是別站出來。就算是爭口氣也給我徹底隱瞞吧。」

龍園對於本來想立刻找到的間諜，做出大家一時之間無法想像的發言。

「你打算怎麼做？難不成想容忍叛徒？」

「妳很煩耶，伊吹。別打擾我的樂趣。再這樣下去我真的會把妳幹掉。」

原本笑著的龍園一瞬間繃起了表情，怒瞪伊吹。

這句話看似玩笑話卻是認真的。龍園不會因為是男、是女的這種性別差異，而做出不平等對待。只要他判斷是敵人並且認為礙事，不管使出怎樣的手段，他都會讓對方退場吧。

「我認為自己至今都是盡量不把事情鬧大在做事。其他人聽見也許會覺得我在騙人，但這是真的呢。說簡單點的話，就是我一直都在放水。」

咚、咚。他再敲了兩下講桌。那是肅清的鐘聲。

「不過——這樣或許不好呢，所以才會出現叛徒之類的。」

咚。教室更進一步響徹了這聲音。每當這麼做，膽小的學生就會抖一下肩膀。

「我現在起要玩點遊戲。沒什麼，不是什麼大不了的事。這是要找出打算隱瞞到底的間諜的無聊遊戲。對在場大部分學生而言，這是沒意義的事情，你們完全不必畏懼。沒什麼，這也花不到三十分鐘。」

龍園說著，因為這件事除了間諜這個罪魁禍首之外與其他人無關，所以要大家放鬆。

這個空間充滿了恐懼的氛圍，便訴說了並不是那麼單純的事。唯一對龍園不會膽怯的伊吹，也開始被龍園的支配感吞噬。

「那麼首先，所有人立刻把手機放到桌上。我會親自檢查。這場合應該不會有沒帶手機的笨蛋吧？有的話就立刻自報姓名吧，那傢伙就是犯人。」

聽見龍園的話，學生們都不想被懷疑，於是立刻把手機放在桌上。

「你們很懂事，真是幫了大忙呢。」

石崎繞著教室，逐一回收放在桌上的手機。避免不知道是誰的手機，他同時貼上寫著名字的便條紙，應該是事先準備好的吧。

伊吹也從口袋拿出手機，雖然很不服氣，但也遞給了石崎。

「龍園同學，所有人的份都收集好了。裡面也有我們的手機。」

「辛苦了。那麼，我就來一支支徹底調查吧。」

「不過，該看哪裡才好呢……通話紀錄嗎？」

「隱藏真面目的傢伙，哪會用真面目容易曝光的電話啊。就看郵件紀錄吧，當然也要看聊天室訊息。就算是在和某人對話的內容，我也全都要過目。因為也無法排除對方用隨便捏造的名字來互動的可能性呢。」

「等、等一下啦，手機裡也寫了很多很私人的東西耶！」

一名女生喊道。她忍不住這麼喊叫。

這發言是因為比起遭受懷疑的風險，她更討厭個人情報流出。

「西野，妳就這麼討厭被看見內容嗎？」

「這還用說！就算是你，我也不喜歡這樣！」

「妳在開玩笑嗎，西野？妳在船上應該有乖乖把手機交給龍園同學吧？事到如今妳是在說什麼——」

「這、這和當時又不一樣。那只是要確認學校寄來的郵件！」

龍園一點也不驚訝，淡然地傾聽西野的訴求。暑假的特別考試上，龍園確實曾經集中同學所有的手機，並且確認其內容。然而，就如她訴說的那樣，當時並無觸及任何私人部分，完全只是確認學校寄來的郵件內容。是與這次看似相同卻不同的狀況。如果變成私人內容，例如心儀對象、討厭對象的名字，就算被羅列出來也毫不奇怪。那些是絕對會想隱瞞他人的事情。

「妳當然知道會被懷疑吧，西野。」

「我、我基本上會順從你，但也有無法接受的事！」

西野平時不會做出強勢發言，但她不打算在這個場面退讓。

這就彷彿在告訴別人，她背地裡有不想被看見的東西。

「西野，難不成是妳？」

班級裡開始出現懷疑西野的學生。

其中一人，小田拓海抱著懷疑。

「不是，我才不是什麼間諜！」

「但妳想隱瞞也很可疑吧……」

「我只是想保護我的隱私！」

龍園對班級裡的這般對話完全不表示興趣，並把手伸向集中起來的手機。

「妳的手機是這支對吧，西野。」

「欸！」

西野以為內容要被人看見而慌張，然而——

龍園抓住西野的手機之後，就讓石崎拿著，接著這麼說道：

「還給西野吧。」

「可、可以嗎？你沒確認內容耶。」

「我叫你還給她。」

石崎對龍園簡單地道歉，就把手機還給物主西野。

面對這一連串過程，主張隱私的西野，以及除此之外的學生都感到動搖。

「這不是什麼不可思議的事。因為我判斷妳是清白的，所以才會還給妳。僅只如此。這是理所當然的吧？不是犯人的手機，光看都浪費精力與時間。」

龍園不管瞠目結舌的西野等人，不改態度地這麼繼續說道：

「無法接受的傢伙就像西野那樣舉起手吧。但要做好會比西野還更受我懷疑的覺悟。」

西野沒有被看手機內容，並且被視作是「清白」的，但第二、第三個人可就行不通了。這說法使話裡帶有這般含意。看是要選擇讓龍園懷疑，還是選擇隱私。

面對這個二選一，四名女生和兩名男生儘管害怕，還是舉起了手。

「居然有六個人反抗龍園同學……這當中絕對有間諜！最後舉手的野村，你不會是想趁機獲救吧！」

龍園對語氣粗暴的石崎露出陰森的笑容。

「不、不是！我才不會做那種事！」

野村害怕遭受懷疑而予以否定。

「去做準備吧。」

「是。」

石崎收集完六人的手機，就立刻交到龍園手上。

「你們是說，就算被懷疑也不想讓人看見內容嗎？」

他們各自說法不同，但都回答了沒錯。

「野村。你花了很長的時間舉手，該不會是在計算時機吧？」

「咦——不，那個！」

「你的眼神游移得很誇張，而且還在冒汗喔。」

「唔！」

野村的個性原本就懦弱，似乎痛苦得眼看就快暈厥過去。

龍園見狀，打從心底開心似的笑了笑，接著再次對石崎下達指示。

「石崎，這些人全都是『清白』的，把手機還給他們吧。」

他這麼命令。這是第二次衝擊。龍園根本沒確認內容，就全數歸還出面的學生們的手機。龍園以外的所有學生都無法理解這些行動。

「說明這是怎麼回事啦。」

「我之後會說。」

龍園沒有回應伊吹的希望，他把頭髮往上撥，就拿起伊吹的手機。

「其餘人等的手機，就讓我徹底地調查。首先，就從伊吹妳的開始。」

「……隨你便。」

龍園獨自確認所有手機，到剛才結束了最後一支手機的確認。

這段時間約為二十分鐘，他分給一支手機的時間連一分鐘都不到。實在無法讓人覺得他全都確認完畢了。大部分學生都覺得很疑惑，但沒有人說出口。

但對間諜來說，自己的手機被看見的數十秒應該是非常漫長，且強烈緊張的一段時間吧。

「原來如此。手機裡沒有像樣的紀錄啊。」

「剛才以為是清白的西野他們之中果然有叛徒……」

「那不可能呢。」

龍園這麼斷言，伊吹的焦躁與疑慮卻沒有消失。

「但事實上你也沒找到間諜吧？給我好好說明這是怎麼回事。說起來真的有間諜存在嗎？」

伊吹心中浮現疑問——龍園說有間諜存在，是不是為了隱藏自己的失敗所撒的謊。

龍園在接受無人島結果時開始，就一直看著在堀北身後那個看不見的身影，他卻沒有任何該幕後黑手X存在的確鑿證據。

事實上，別班也都開始注意堀北鈴音這名少女。

「事實勝於雄辯。那麼我就讓妳聽這個。你們都很清楚吧？」

龍園撥出之前X寄來的音檔。那是只要在這個班級，任何人都曾經聽過的聲音。那是龍園把作戰說給C班夥伴時的聲音。

「在我把鈴音逼到絕境而且只差一步時，這東西寄了過來。多虧這樣，我何止得到點數，就連磕頭道歉都沒能看見呢。這樣妳理解了嗎？」

「等一下。就算假設這音檔不是你錄下，而是間諜流出的東西，這也會留下奇怪的疑問。我們沒討論到讓堀北磕頭道歉的詳細時間吧？代表對方連這時間一切都算到了？這肯定沒辦法。」

如果把龍園的話接起來就會抵達這種結論。不只是作戰外洩，因為就連堀北磕頭道歉的時機都被對方算到了。

「那是巧合，純粹只是機率問題。體育祭結束的放學後，是防止爽約的最佳時間。再說，我認為對方對鈴音有沒有磕頭求饒不感興趣。與音檔一併寄來的郵件上什麼也沒寫。」

「這是怎麼回事──？」

龍園邊看他收到的沒文字的信件，邊做研究。

「擁有這個音檔的D班幕後黑手X，很清楚我想到的作戰是怎樣的內容。如果他連參賽表會外洩都看穿了，那他也能避免我在體育祭上瞄準鈴音攻擊。他應該可以藉此防止鈴音被擊潰，加上預防被迫磕頭道歉的情勢。不過，這個X卻刻意無視這些。儘管識破了我的作戰，還放任我擊潰鈴音。鈴音當然很痛苦。她沒想到自己會受傷，以及競賽結果會沒有起色。還有因為不小心讓別人受傷產生的罪惡感，她的精神狀況應該相當不好。」

「對方是藉由讓龍園氏執行作戰，使音檔產生可信度吧？」

帶著眼鏡的蘑菇頭學生金田會這麼想也情有可原。雖然這是事前制定的危險計畫，但如果沒變成計畫中的結果，音檔就不會作為證據而成立。因為這完全只是「曾有擊潰堀北的計畫」而已。

「你腦筋真靈活呢，金田。只要默許作戰並讓我們執行，音檔就會帶來意義。因為這就會構成作為證據的意義呢。」

「這個X的想法還真是凶狠啊。明知會傷害夥伴，卻無動於衷地忽視。」

「對。那種傢伙不可能會執著在鈴音磕頭道歉這件事。這就是這封郵件什麼都沒寫的理由。也就是說，從寄件者看來，他根本就不把鈴音自尊受傷、失去自尊當作一回事。」

「我無法理解。避免讓同班的堀北受傷而先使出手段，才比較有益吧……？」

其他學生大概也抱著和伊吹相同的感慨。龍園盯上堀北是很明顯的，照理講，在體育祭開始前就可以應對。像是配合C班作戰更改參賽表，或是也有事先把音檔寄給龍園阻止他的辦法。這麼一來，堀北就不會受傷了。

「X是不是沒想到要向校方提交音檔呢？」

如果事前知道作戰詳情，一般想法是會為了拯救同學而利用這點。但若要說有理由什麼都不做並且刻意無視，那就是為了給C班帶來重大打擊。因為在作戰執行之後，再把那份音檔提供給校方，C班的受害才能擴得最大。假如被知道蓄意對堀北反覆做出犯規行為，並且試圖榨取點數，最壞的情況就是龍園說不定會被逼到退學。

但現在十月也已經過半，這項可能性已經幾乎消去。假如現在才要重提舊事，調查本身不僅很費事，也開始會發生湮滅證據或製造退路的情況。既然如此，X為何會做這種事？

「這是最後令我們偶然得救的天真戰鬥方式。該說是他沒有徹底活用素材嗎？先得到資訊，看起來卻很被動地行動。假如堀北氏已經向龍園氏支付完個人點數，何止是獲勝，這就是X的敗北了呢。」

金田如此分析，並且做出結論。

既然X在體育祭前就獲得作戰的音檔，照理說能夠在體育祭上完全勝利。

「不對呢。X不是沒想到有用的使用方法，而是故意不使用。就算鈴音在很早的時機就匯了賠罪的個人點數，他也會透過提出音檔作為證據來取回吧。因為只要之後再寄一封『要是不還來個人點數，就要把事情公諸於世』的信件就行了。」

「你是說他知道用於威脅的方法，但是刻意不威脅嗎？」

「對。然後，那傢伙也默許我讓鈴音磕頭謝罪。磕頭謝罪不同於點數，不是有數字上價值之物，只是形式上的東西。之後也沒辦法取消或者拿回去，對吧？」

換言之，這代表的就是這件事。

這名X盯上的唯一一件事——

「也就是說，X很歡迎我玩弄鈴音。」

只是為了這樣，就毫不惋惜地用掉利用間諜得來的資訊。

「這種事……我無法理解。C班被我們不太清楚的X給救了呢。」

龍園與伊吹不同，他知道X為何做出這種事。

「呵呵……也就是說，他完全不打算拋頭露面吧。」

只要追究寄到龍園身上的音檔出處，最後D班的X就會強制被迫現出真面目。

如果龍園被逼到絕境，他應該會要求管理所有手機的校方公布郵件與通話紀錄，並且徹底調查，抵達X的所在之處吧。

而且，他在這名X身上完全感受不到那種要升上A班的執念。感受不到X有想讓自己往好的方向發展的意志——這就是龍園做出的結論。

同時，他也得到另一個結論。

「那麼，有點離題了，先回到正題吧。我不知道對方是使用了怎樣的方法，但『想法與我相似的X』把這個班的某人養成間諜是得以確定的。因為若非如此，他無法獲得音檔呢。但大前提是——X即使面對間諜也絕對會隱藏真面目。假如被知道真面目，在間諜被我發現時，遊戲就結束了呢。這麼一來，要令其進行間諜活動，郵件等交流就會是必要的。雖然不是不能老派地用寫信對話，但這樣狀況會很受限，而且也很沒效率。」

「但大家的手機都沒有任何證據吧。是說，你剛才也沒仔細在看吧。」

「這是當然的吧。因為看手機內容是場面話，那只是表面上而已呢。」

「啥？你說過只要看手機，就會知道間諜的真面目吧？」

「用常識思考吧。如果妳就是間諜，妳會特地留下可疑的郵件嗎？」

「這——我不會。所以我心裡也覺得確認沒有用。」

「對。我會調查手機的這點事，只要稍作思考就會知道。湮滅證據不是什麼不可思議的事。就算間諜沒想到那邊，但如果是X的話，他也會這麼指示。換句話說，單純地認為透過讓我看手機就會連結至清白的傢伙之中存在著間諜。因為這也代表間諜放棄了不讓我看手機，這個讓自己清白的武器呢。」

正因如此，拒絕讓人看手機的西野等人，就必然會從龍園的鎖定中排除。如果不是間諜的話，就算遭受懷疑也沒關係。這是可以如此斷言的人們才辦得到的絕技。當然，龍園也可以不排除些微可能性地察看手機內容，但這同時也會牽涉招惹班級反感。正因為他是靠力量支配班級當作前提才會有這份考量。就算要承擔些許風險，他也實現了要求。

甚至藉由只有短時間察看手機，向C班學生們彰顯他沒有確認到私人詳細部分。龍園透過檢查手機想要知道的，並不是郵件的有無，而是在計算間諜面對真身不明的對象被支配到何等程度，以及有多麼害怕。而他在那看出來的便是——

「我要再次問這當中的間諜。」

龍園逐一看了每個人的眼神、動作。

「你害怕的是真身不明的X嗎？還是我呢？你是不是弄錯與哪方為敵才真的很恐怖？還記得入學典禮結束後的事吧？反抗我的人會遭受到怎樣的下場。是吧，石崎。」

「是、是的……」

石崎因為這句話稍微哆嗦身體。總是冷靜站在龍園身邊的阿爾伯特也稍做反應。不論是誰都並非最初就服從龍園。石崎或阿爾伯特都是一開始頂撞龍園的人，但他們最終都屈服了——因為龍園全力使出的「暴力」。打架場數是石崎占上風，肉體強度是阿爾伯特占優勢。

可是，倒在地上的卻是這個兩人。

「這世上最強的力量，就是全力使出的『暴力』。我不會屈服於權力。即使這所學校想對我執行退學處分，我要是使出真本事，也能在被學校趕出去之前殺掉叛徒。我說的意思大家都明白吧？如果因為背叛導致我退學，我就會像踩爛蟲子那樣結束間諜的性命。」

這不同於支配體育館的前學生會長堀北或學生會長南雲，那是異質的支配力。

龍園仗著言出必行的瘋狂暴力向前猛衝。

「現在我歡迎叛徒自白，不過這是最後的機會。我要向所有人宣言。如果現在在此老實承認，我答應會對這次的背叛行為既往不咎，也發誓會不讓間諜受到夥伴指責。我一開始應該就說過了，如果相信並且跟著我，我一定會把這個班級帶上A班。只要跟隨我，我就會保護你們。」

龍園從講台上下來，就站在每個人面前，與對方四目交接。

然而，那些話不只針對特定人物，好像是在說給全班聽。

「你們明白吧？明白惹我生氣是怎麼回事。」

他一個又一個地與同學對上眼神。對龍園來說，這是找出叛徒最簡單的方法。

接著，龍園終於走到一名女學生面前，並且停下腳步。

不是這樣。她原本就是被選定的人。龍園一開始就把她設定成目標了。

「怎麼了，妳無法與我對視嗎？」

「啊……啊啊……我……」

她呼吸紊亂，不知所措，而且露出一臉快要哭出來的害怕表情。

「呵呵，這個班級的叛徒就是妳吧，真鍋。」

面對意料不到的學生的間諜嫌疑，大部分學生的理解都跟不上。

「別那麼害怕，真鍋。妳確實沒主動報上名來，但我一開始就知道妳是間諜。妳的臉色始終都很差。妳很沒辦法隱瞞事情呢。」

龍園把真鍋蓋在耳朵上的頭髮往上撥，並且摸了她的臉龐。真鍋就像在極寒冷的天氣裡一般瑟瑟顫抖著身體。

「對、對、對不起，我、我——」

「別介意，我會原諒妳。以我寬宏大量的處置。所以就告訴我吧，告訴我教唆妳——不對，是教唆妳們背叛的X的真面目。」

龍園對真鍋志保，以及她的朋友藪菜菜美、山下沙希投以銳利的視線。

2

龍園在對C班所有人做了嚴格的封口令後，就讓他們退下了。留在教室裡的，只有以龍園為首，還有石崎、金田、伊吹，與間諜嫌疑犯三人。

「我要提問。妳們知道對妳們做出指示的傢伙的真面目嗎？」

真鍋等人對這項詢問左右搖頭，予以否定。

「那麼，下一題。你們背叛C班的理由是什麼？告訴我這件事吧。」

「那是——」

「事到如今就算隱瞞也沒用。如果妳要就這樣隱瞞並迎接明天的話，我就會永遠不把妳們全部當作同學對待，而是鼠輩一般的存在。」

真鍋她們面對已經無能為力的狀況，無計可施地說出了真相。

「D……D班的輕井澤惠，你認識嗎……？」

「我只知道名字和長相。她是平田的女人吧。」

「那個人，那個，現在雖然是那種強勢態度，但……她以前感覺被霸凌過……」

「哦？然後呢？」

「梨花受到輕井澤過分的對待，我才心想要還以顏色……」

雖然真鍋很害怕，但還是把暑假在船上發生的事件告訴龍園。包括和輕井澤同組所以識破她過去曾經被霸凌，以及這是事實的這點。還有自己做出彷彿報復般的暴力行為。她把一切都說出來了。

也說出會做出間諜行為的理由，就是因為受到對方拿證據來做威脅。

如果事實公諸於世，真鍋她們就會受到停學以上的處分。也當然會因此受到龍園責罵。她說那是為了從學校、龍園雙方逃開才不得已做出的事。

「原來如此啊，還真是做了相當有趣的遊戲耶。」

「真是的，妳們是白痴嗎？被不知道真面目的傢伙給威脅，妳們也知道或許會嚐到更慘的苦頭吧？」

「別責怪她們，伊吹。人被逼到絕境就會是種脆弱的生物。」

龍園已經決定原諒真鍋她們，沒有繼續指責她們。

「關鍵是從這裡開始。妳們欺負輕井澤的現場，有被誰看見嗎？」

真鍋她們對這項詢問徐徐點頭，接著說出了名字。

「當時我們有被人看見……被D班的幸村同學，以及綾小路同學。」

兩人的名字浮現而出。

「事後照片就寄了過來。寄來了我們找輕井澤碴時的照片……」

「原來如此啊。我想過應該有會被威脅的那種證據，不過原來是在那時被拍到的啊。那麼，那個照片呢？」

「刪、刪掉了。萬一被看見的話，我們就……所以……」

「這樣局勢就掌握完了呢。」

「那就認定是幸村氏，或是綾小路氏了吧？」

至今都不發一語觀望狀況的金田開口說道。

他是龍園認為班級裡少數有用處的其中一人。

「等一下，龍園。雖然我不太認識幸村這傢伙，但我不認為綾小路會在背地裡操縱。我有好幾次機會和他牽扯上，但他看起來實在不像是那樣。」

「在這層意義上幸村也有點可疑呢。畢竟他好像也很會讀書。」

石崎補充似的說道。

「應該無法這麼斷言吧？像是綾小路氏總是和堀北氏待在一起。再說，綾小路氏到體育祭為止都隱藏自己會運動。我覺得更可疑的應該是綾小路氏。」

「我認為這兩個人是不相關的。綾小路只是跑得快，幸村也只是會讀書而已吧？幕後黑手應該另有其人吧？」

「另有其人是指誰啊？」

「D班裡也有很聰明的傢伙吧，像是平田。」

「那傢伙？我經常和平田說話，我不覺得他是那種人耶。」

龍園對任意說話的同學們微微露出笑容。

但下個瞬間，就用手掌砰地敲了他坐著的講桌。

「稍微安靜點。」

班級因為龍園帶有笑意的一句話，轉眼就籠罩著寂靜與恐懼。

「我有說過半句要徵求你們的意見嗎？在D班暗中操縱的傢伙就由我找出。你們不過是為此存在的棋子。嘍囉就要有嘍囉的樣子。現在知道的事實，就只有拍下照片的無疑是幸村或綾小路。不過，別因此就輕易把他們和幕後黑手連結在一塊。因為他們也有可能是在某人底下做事的部下。」

這就是麻煩之處。兩人之中的其中一方，或是雙方都拍下了可能變成C班弱點的照片，並向幕後黑手尋求意見。這種情節也很有可能。

「不過，龍園氏。尤其是綾小路氏，我們是否應該先懷疑一下？」

金田做好覺悟會惹火他，而刻意做出建議。因為他認為應該這麼做。

「我想想。」

關於綾小路，正因為他和堀北鈴音也有關係，他本來就很可疑了。

可是，這也因此讓人產生懷疑。

太容易連結的這點令人很不愉快。

就是堀北鈴音身邊的男人在幕後操控她的這種單純性。

假如他一開始就打算利用鈴音，就絕不會執行這種戰術。

「是利用遠在天邊近在眼前的這點嗎？不，那樣我實在無法認同。」

這絕望般的不適感令人很不愉快。

「就讓我利用那傢伙好了。」

如果已經看清狀況到這種程度，剩下的無疑就只要再推一把。

龍園為了使出下一招，便打了訊息給登錄在手機上的某個人物。

高度育成高級中學學生基本資料　　時間7/1

姓名	長谷部波瑠加 Hasebe Haruka
班級	一年D班
學號	S01T004747
社團	無
生日	11月5日

評價

學力	D
智力	C+
判斷力	C+
體育能力	D
團隊合作能力	D

面試官的評語

對長輩態度有些問題。另外，她是名拿手與不拿手及好惡過度分明的學生。由於專注力較高，因此我們希望在教育她增長該部分的同時，也能令她擁有可以面對種種狀況的彈性。

導師紀錄

因為經常不參加體育課程，我會慢慢地指導她。

第六堂課的班會開始後，茶柱老師立刻離開了教室。

平田用斜眼瞥了一眼覺得很不可思議的學生們，就從座位站起，接著站到講台上。

接下來並不是要享受遊戲，而是要開始進行認真的討論。

「今天的班會，我想舉行針對明天小考的作戰會議。我已經獲得茶柱老師的允許。她說班會時間可以隨意使用。首先由堀北同學開始發言，可以嗎？」

堀北好像在等待平田的發言。她靜靜地站起，邁步走向平田的隔壁。

對於與平田並肩而立的少女，一部分學生大概都會感受到不小的突兀感吧。這是至今為止可能實現卻又沒實現過的「堀北」、「平田」這個D班最強隊伍。平田總是敞開著大門，堀北卻不予接受。堀北總是獨自戰鬥，相信自己能贏而一路展開行動。

但這樣的堀北在體育祭這個舞台上也鑄下大失敗，了解獨自戰鬥的極限，結果脫胎換骨。

當然，並不是一切都變得完美了。

瑞士的生物學家A．波特曼曾說過——人類在生理上是早產的生物。他主張如果從動物學的觀點來看，人類這種生物與此外的哺乳類之發育狀態相比，大約早了一年出生。雖然人類被分類成大型動物，但小嬰兒剛出生時，對照於感覺器官已經很發達的生物，人類的運動能力很不成熟，就連獨自行走都辦不到。另一方面，像是鹿等等的其他大型動物在誕生時就很成熟，也有許多擁有能靠自己力量四處活動的離巢性生物。

就像重現這個例子一樣，現在的堀北如同剛出生，還無法自由地到處活動。

不過，儘管很不成熟，但她同時也蘊含著無限的可能性。

今後要如何成長都可以。

堀北的心中應該也不斷地在糾結。她大概正在拚命地試圖掙扎吧。

委身於現在敞開的大門，就是最佳的唯一之策。

「……首先，雖然這是過去的事，但我希望各位讓我為一件事道歉。」

我還以為她會立刻開始說起針對期末考的話題，但並非如此。堀北好像有件持續悶在心裡好幾個星期的事。

「我在體育祭上得到很沒出息的結果。我用強硬的態度對待大家，卻沒能為D班做任何事，請讓我道歉。」

堀北說完，就深深低下頭。許多學生當然都對這副模樣感到動搖。

這發言就像是堀北要背負D班所有敗北的原因。

兩人三腳後就與堀北變得有些疏遠的小野寺慌張地說：

「輸、輸了又不只是堀北同學妳的責任，低下頭很不像妳耶。」

「對啊，鈴音。畢竟春樹或博士沒派上任何用場呢。」

雖然很可憐，但這也是事實。山內他們不甘心地瞪著須藤，可是也無法反駁。

「就算在決定勝負上是那樣沒錯，有些事態度謙虛可以原諒，但也不是每件事情都是這樣。至少我在體育祭上幾乎沒有值得評價的部分。」

堀北這麼說完後，就瞄了須藤的臉一眼。那恐怕是除了「得到須藤這個夥伴」之外什麼也沒有的這般補充吧。須藤不可能無法體察這份心情。他有點害羞地搔搔臉頰，同時露出潔白的牙齒，靜靜地笑著。

「但道歉就暫且在此結束。針對下次的小考、期末考，我想全力挑戰。我認為全班不團結一致戰鬥就無法度過。」

「這我可以理解啦，但我們有對策之類的解決方案嗎？像是搭檔的決定方法，這種事我們也不知道吧？」

「不，搭檔的規則已經等於是弄清楚了。如果順利進行的話，也有可能讓在場的所有學生配上理想的對象。平田同學，麻煩你了。」

平田轉而負責支援，他接收到信號，就在黑板上寫下配對規則。

決定配對的規則

以全班來看，最高分與最低分的持有者將組成一隊。

接著是成績第二好與不好的學生，第三好與不好的學生……按此規則推演下去。

例如：一百分的學生會與零分的學生，而九十九分的學生則會與一分的學生組成配對。

「這就是小考舉行的意義及配對法則。簡單吧？」

「喔、喔喔——！這就是配對的法則！虧妳找出來了耶，堀北！妳好厲害喔！」

「這點事情許多學生應該都有發現。再說重要的是從這裡開始。從上述也可以知道，規則是設定為成績下段的人幾乎會自動與成績上段學生編組。但例外總是有可能發生。因此為了進行確實且精準的分組，現在開始我要說明戰略。」

雖然她說許多學生都有察覺，但並沒有這麼回事。這與之前相比確實是易懂的提示，但這應該是因為至今的失敗經驗起了作用，她才會發現到的事情吧。

堀北主動走去平田身邊，並往教室方向回頭。

覺得討厭在眾人前說話的心情，或是害羞的這種心情。

她心中完全不帶這種抗拒的情感。只有不顧一切向前的身影。

「考慮到至今的考試結果，我希望重點性支援擔心分數的學生們，同時與成績上段的學生制定計畫，讓雙方編組。雖然應該也有部分感到不安的學生，但實際情況就是我們無法支援所有人。」

期中考除了滿分之外，平均八十分以上的學生是十一人。若是九十分以上的話就會銳減成六人。想到考試內容比較簡單，這就不是件令人高興的事。成績優異的學生不到班級的一半。

反之，就算考慮到六十分以下的學生很多，無法讓所有人與理想的搭檔……換句話說，就是無法讓所有人與擁有高得分的學生組隊，以現實來說也很顯而易見。

因此，堀北似乎瞄準著透過令前後各十人強制組隊來謀求安定。

黑板上逐一記上了成績下段的學生名。

「呃，我不太懂耶。我們該怎麼做才好？」

知道名字會被寫上去的山內這麼問道。

「在這裡寫上的成績後十名學生，小考上只要寫上名字就可以了。因為不會反映到成績上，所以就算拿零分也沒有任何壞處。反之，成績前十名的人，請你們一定要拿八十五分以上。剩下的中間二十名學生也同樣各分成十人。成績上段者請你們以最多八十分為目標，成績下段者則請你們考一分。藉由這麼做，照理講就會自動完成針對期末考的平衡最佳組合。不過，之後我會好好確認詳細內容。因為也有可能發生意外。」

這裡重要的是別讓考零分的學生和考一分的學生變成搭檔。

必須盡量讓學力有差距的學生們組隊才行。

「我也認為這個方案很好喲。我們不該什麼對策都沒有就挑戰考試。」

平田事先與她做過商量，他不可能提出否定意見，而是營造了贊成的氣氛。

高圓寺平時不會服從，但他既沒肯定也沒否定。

不如說，他好像對一連串的所有對話都不感興趣。他比堀北還更無法融入班級。但這次他能持續保持那種態度應該可以說是最佳之策吧。

高圓寺平時對考試都不認真全力以赴，但唯有會被退學的那種結果，他總是會去避免。

但如果是這次的「強制組隊」，他應該就不能考出不謹慎的成績了吧。雖然機率很低，但依據搭檔能力不同，說不定就算拿好幾個滿分也會不及格。

若是那種情況，儘管裝作不感興趣，他大概還是會願意配合這場考試吧。

不——在這份意義上，高圓寺會如何表現，反而有無法預測的可能性。

「高圓寺同學，你也沒異議嗎？」

「我不會有什麼異議，真是Nonsense的問題。我當然也掌握了考試內容。」

他把長腿就這樣伸到桌上，一如往常地把頭髮往上撥。

「那麼，我可以期待你會確實考到八十分以上嗎？」

「不知道耶。要根據考試內容吧？」

「如果你蓄意考零分，並與成績上段的學生組隊，平衡就會有崩潰之虞。只有這點，可以請你先理解嗎？」

針對小考應該害怕的就只有不正常的得分。要是高圓寺這種學力優秀的學生故意放水，光是這樣平衡就會崩壞。必須避免誕生出像堀北與高圓寺這種高學力隊伍。

「我會好好考慮的，Girl。」

高圓寺的答話方式實在可疑，但現在也無法繼續深談。

因為我們無法操控正式期末考的點數。

1

翌日，轉眼間就到了小考時間。

我本來以為馬上就會開始考試，班導茶柱老師卻先說起了一件事。

「接下來要舉行小考，但在這之前我有件事要先報告。這次你們提出希望期末考上指名C班

——由於沒和其他班級重複，因此受到批准了。」

「A班和B班都指名我們D班了嗎？不管怎樣，不靠運氣抽籤就獲得挑戰學力低的C班的權利，這影響力很大呢。」

好像先成功突破了第一道難關，堀北於是放下心。接著就是哪個班級指定了D班。

「然後，要給D班出題的班級——決定會是C班。這也是因為指名沒重複才有的結果。」

換句話說，這次的戰鬥是D班對上C班，B班對上A班的形式嗎？

「變成理想組合了呢。」

「看起來是那樣呢。」

指名沒有重複，也就表示上段班都分別為了靠直接對決拉開、縮短差距，而選擇了強敵。應該就是這麼回事了吧。

從那裡可以看出來的，就是A班的對手指定應該是坂柳決定的。如果是葛城的話，他應該會指名獲勝可能性較高的下段班D班吧

更進一步地，也可以預測到葛城的凝聚力下降。

就如堀北希望的一樣，指名C班這件事情成真了。

「話說回來，接下來明明要考試，池和山內的臉色還真好呢。你們也有不少次考前掛著黑眼圈過來，你們是有祕密策略嗎？」

「嘿嘿嘿。就請您看著吧，老師。」

池他們自信滿滿，但那也是應該的。因為誰都沒念書。

這場考試應該害怕的要點，就是考到不上不下的分數。考試內容的程度大概低到不行，但要是一題都不會的話，最壞的情況就只要寫名字，就算交白卷也沒關係。這是場認真挑戰就會提高風險的特異小考。

茶柱老師也不可能沒看穿那點。

「別事後後悔啊。你們最好認真面對考試喔。」

「什、什麼意思啊，說要認真，這不會影響成績之類的吧？」

「當然。這完全不會反映到成績上。」

「既然如此只要不考到分數就穩妥了啊。」

「如果可以如你所想的話呢。」

面對這煽動不安的說法，池他們放棄讀書組一瞬間都陷入沉默。

「多考一些分數，會不會比較好啊……？」

須藤因為那些話也不由得失去了冷靜。

「不要受她迷惑。我們的計畫不會有錯。」

堀北一句冰冷的話讓慌張的學生們都安靜了下來。須藤也隨即恢復了冷靜。

「……也是。我只要相信鈴音就好。」

茶柱老師看見那些情況，確認班上的氣氛恢復，也拿起了考卷。

「好了，那麼我要舉行小考了。千萬別做出作弊行為喔。就算與成績無關，如果作弊的話，還是會被科處毫不留情的處罰。」

老師把考卷遞給排頭，讓我們傳到後面。

並且說到考試開始為止都要朝下，於是我馬上就把傳到手邊的考卷翻到背面。

「妳不會擔心嗎？擔心搭檔的選定方式是否正確。」

「不會。關於這次我很有把握。」

堀北對茶柱老師的話完全沒有動搖的跡象。正因如此，她才能斥喝池他們。

領導者有不安或恐懼的話，那些情緒也會流傳出去。

徵兆、變化。這不是之前的D班。學生們開始改變了。

雖然還只是一點點，但若是每天都會面對面的班導，那些事應該會強烈傳達過去吧。

「開始。」

小考隨著信號拉開序幕。

我慢慢把考卷翻過來。

「噢——」

我不禁出聲。驚訝的大概不只有我。雖然預計難度會設得很低，但結果程度還真的很低。

那是就算由國小高年級來解題，也會答對大部分題目的程度。當然，其中也有難易度多少偏高的問題，但只要不慌張的話，就算是池他們也可以考到將近六十分。

這是個甜蜜的陷阱。萬一不小心跳進去也可能發生慘事。不過堀北控制了這點，D班應該不會陷入不合理的結果吧。

2

小考沒有問題地順利結束。發還考卷的日子很快地就在隔天第四節課到來。

D班迄今無論面對怎樣的考試都是欠缺統整，一路直接挑戰。

與其相比，這次產生了棒得不得了的一體感。

儘管有搭檔制度或出題，以及隨之而來的競爭等等，這次特別考試規則簡單或許也是個很重要的好素材。我們只是要考試並取得好成績。

這是我們升上國小到高中為止，歷經長達九年以上時間不斷被迫重複去做的事。

「沒我的戲分是再好不過的。」

值得欣慰的是，這是我發自內心說出的話。

「那麼，現在起我要進行針對期末考的搭檔公布。」

發還的小考結果被貼了出來。

堀北鈴音和須藤健，平田洋介和山內春樹，櫛田桔梗和池寬治，幸村輝彥和井之頭心。

幾乎如預訂般的配對公布了出來。順帶一提，我的話則是——

綾小路清隆……佐藤麻耶。

「從不好的方面來說，這還真神……」

我怎麼在這種地方中獎啊。這是那種會讓我想那麼想的套路。

佐藤好像也注意到我是她的搭檔對象，於是回頭看了過來。帶著一張笑臉。

我姑且稍微舉起手，告訴她我有發現。

「就連高圓寺同學，這次好像也還是配合我們了呢。」

高圓寺的搭檔是沖谷。看那個結果，他似乎確實考了很高的分數。

不過那傢伙的情況是每次考試都會考出很高的成績，所以也可以理解成他只是一如往常地應考。他完全不關心結果，而是雙手抱胸，意義不明地賊笑。

「看這個結果，你們之中好像有人理解了小考的意圖。然後我也可以確認那個人把這項理解成功和班級共享。」

茶柱老師看著貼出的配對一覽表，感到很佩服。

「從分數最高與最低差距大的學生開始依序組隊。成績相同的話就會被隨機挑選。我大概已經不需要做說明了吧，不過還是先告訴你們。」

這點我們已經不須驚訝，但預測正確也算是讓人放下心了吧。

「分組好像沒有明顯艱辛之處呢。」

「嗯，目前為止都順利得恐怖，但接著才是重頭戲。像是該如何出題、如何度過期末考。你的搭檔是佐藤同學，這還算說得過去呢。」

這並不是我刻意為之，但除了上段與下段學生，班上原本就存在著一半會考戰略之外分數的學生。這就機率上來說是很可能發生的事。也可以說是剛好吧。

佐藤是不及格候補。我必須以偏高的水準保住分數呢。

「之後就是為了提昇班級平均分數，到期末考為止期間都要開讀書會。這次也可以和平田同學或櫛田同學合作，所以我想定成一天兩個梯次。學校放學之後，一梯讀下午四點到六點兩小時，第二梯次則是顧及參加社團活動小組，從晚間八點到十點。現在要決定各自輪值的部分。麻煩你了，平田同學。」

「我是社團活動組，所以當然會負責第二梯次。一起合作加油吧。」

這實在很穩健。正因為能教書的人增加，我們才能採用這個戰略。

接著，我們在堀北和平田的討論上，再三充分討論了讀書會的方式，慢慢地決定了細節。

第一梯次的監督工作由堀北負責，第二梯次的監督工作則由平田擔任。他們決定要一邊支撐讀書會的整體，一邊徹底指導對分數有強烈不安的下段成員。櫛田則是第一、第二梯兩方都會出席，同時負責特殊的奔走工作。她主動接下指導成績五十分上下覺得不安的學生們念書的職責。

中間層有許多小野寺或市橋這類女生。

話雖如此，也並不是沒有問題點。

現在不同於第一學期，要讀書的學生人數非常多。對照之下負責教書的目前是三人。

當然，人數差距越多，讀書效率就會越是下降。

一到午休時間，平田或須藤等人就聚來堀北的身邊。

「可惡，鈴音不是第二梯喔。真是提不起幹勁耶。」

須藤因為社團活動無法出席第一梯，他這次無法依靠堀北指導。

正因為堀北也是他唯一的動機，所以他好像很不情願。如果是以往的話，他在此就會表現出壞習慣。

「不管誰是老師的角色，你要是不提起幹勁，我都會很傷腦筋。可以嗎？」

「……我會讀書啦。畢竟我們是搭檔，我不努力不行吧。」

她漂亮地控制住身形如巨大悍馬般的須藤。真令人佩服。

「你的努力也會反映到我的評價上。如果你可以理解那一點就好了呢。而且，我也會盡量在晚上的梯次露臉，所以加油吧。」

堀北就像是在做最後結尾似的，簡單地捧了須藤。

「好。我忽然有幹勁了！拜託你啦，平田。」

「彼此彼此。我們一起加油吧，須藤同學。」

因為決定要與堀北搭檔，須藤好像更是幹勁十足。

到了這時，也發生了始料未及的問題。

「……我想商量一下，可以嗎？」

來到堀北他們身邊的，是幾乎與我沒說過話的學生。

他帶著一張傷腦筋、感到抱歉似的表情過來搭話。

「三宅同學，怎麼了嗎？」

他們是隸屬D班的三宅明人，以及在男生中也蔚為話題的美女長谷部這兩人。

這兩人平時文靜，我幾乎沒見過他們和誰扯上關係。是令人意外的來訪，令人意外的組合。

「我記得你們兩人——會在這次期末考上組隊，對吧？」

平田找出共通點而如此問道，三宅於是開始說起狀況。

「我們在考試上會成一組，但我們在考試上擅長與不擅長的科目都重疊了呢。因為這樣有點傷腦筋，才想來徵求建議。」

他說完，就把小考與期中考的答案卷遞給平田。

他們在決定搭檔的小考上彼此的平均分數很對比，三宅是七十九分，長谷部則按照計畫考一分，兩者分數離得很遠。可見堀北的目標——成績上段與下段學生編組順利地配對成功了。可是這裡卻有失算。兩人期中考的平均分數，三宅是六十五分，長谷部則是六十三分。他們在學力上幾乎沒有差距，是位在班級剛好中間附近，被分成上段與下段的學生。乍看之下哪方好像都可以拿到大約這種程度的分數，不過這裡其實有陷阱。

他們倆個答錯的傾向太類似了。換句話說，他們不擅長的部分一模一樣。期末考上一科需要六十分，這應該會變得很冒險吧。

「原來如此，這有點令人意想不到呢。我之後也來確認其他配對吧。」

「抱歉啊，平田，又要麻煩你。不管是遊輪時還是體育祭時，我都老是給你添麻煩。」

「這不需要道歉喲，困難時要互相幫助嘛。」

話說回來好像就是這樣吧。三宅在體育祭的最後接力賽跑前腳受傷，因此棄權。他的傷勢好像已經完全恢復，動作上似乎沒有問題。

我偶然回想起這種事，不過我並不清楚詳情。

三宅和長谷部彼此的答案卷對錯極為類似。

兩者的傾向像到甚至會覺得是同一個人物在作答。

就算可以靠分數在一定程度上調整學力，但並不是所有學生都可以完美地分組。出現不規則的配對應該是沒辦法的吧。

「但還真是沒轍呢。因為我不太想把讀書範圍或做法弄得很複雜……」

就考試內容看來，他們兩個絕對不是腦筋不好。擅長與不擅長的部分太分明才是問題。他們是和整體上不擅長念書的須藤有些不同的特異組。

這麼一來，教書方的人手就會變得越來越不足夠了。

原本甚至是會想一對一教書。

「櫛田同學，可以麻煩追加給妳嗎？人數會變得相當龐大，而且他們兩個課業上擅長與不擅長部分很分明，不過他們在總分上應該不會遜色。」

「嗯，我這邊可以喲。只要三宅同學與長谷部同學可以的話。」

櫛田向兩人如此問道。三宅沒表示肯定或否定，但長谷部就不一樣了。

「我應該不參加吧。我和市橋同學她們也不太合。」

她這麼回答，拒絕掉了。幸虧市橋她們沒有留在教室，因此對話沒被聽見。

「再說一群人參加讀書會不適合我呢。」

看來前來拜託平田是三宅的意見。

我想長谷部從最初就處在退一步的立場，好像沒有贊成三宅的意見。

「但你們兩個不擅長的部分相當類似。就這麼參加期末考的話，就算總分通過，分數也可能會低於各科所需的最低六十分。」

「是沒錯呢。」

長谷部有點不服氣地把視線從堀北身上移開，接著轉身邁步而出。

「妳要去哪裡啊？」

「小三——你難得邀請，我覺得很不好意思，但這做法果然不適合我呢。」

長谷部這麼回絕，就獨自出了教室。

「抱歉啊，堀北。」

「我沒關係。就算只有你也好，可以請你加入櫛田同學那組嗎？」

最壞的打算，就是由三宅去填補不擅長的科目，這樣應該就會發揮掩護效果吧。

「……我不參加。在都是女人的環境下我也沒勁讀書。我會自己試試看。」

三宅這麼說完也離開，接著抓住放在自己座位上的背包。堀北也無法強迫他人。不是憑自己的意思參加讀書會的話就幾乎得不到結果，也可能會下降認真面對的學生們的士氣。

「怎麼辦呢？我覺得可以的話，支援那兩個人會比較好。」

「是啊……要是有感覺可以教其他人的人存在就好了呢。」

堀北往我的方向瞥來，因此我用眼神好好地拒絕了她。有沒有教人的能耐另當別論，我不認為自己能和三宅或長谷部溝通。

在談這點的時候，我的存在應該就會被排除才對。

「我會試著調整看看能不能騰出時間。」

堀北想到最後，判斷只能自己行動，於是打算做出總結。

「我反對這件事。想到今後的長期戰，這無疑會過勞呢。最後讀書效率應該會下降吧。畢竟堀北同學妳也有給替C班出題的工作。」

「可是既然別無他法，這也沒辦法吧？」

正因為判斷除此之外別無他法，堀北才會有這種強硬發言。

雖然平田能建議她別這麼做，但他沒有手段阻止她。

就由堀北照顧三宅他們。當發展快這麼決定下來的時候——

「不然就我來照料。」

剛才不在討論中的一名學生靠了過來。

如此插進話題的人是幸村。

「幸村同學，如果你願意幫忙的話，我很歡迎呢。你很努力在念書，而且也擁有與其相應的學力，不過你沒關係嗎？我想你應該不喜歡這種很親暱的場面吧。」

「起碼不合作的話，好像就無法完美度過這次考試。堀北，妳也是這樣吧。所以才會想自己承擔一切。」

幸村與體育祭為止不同，說不定正因為看見堀北改變，他也覺得自己必須行動。

「不過有一個別的問題。我可以教書，但我與三宅或長谷部之間沒有交情。看剛才兩人的樣子，總覺得以普通方式是行不通的。我想請你們來思考說服他們兩個，並把他們帶到讀書會的方法。」

他附上了如果可以把他們帶來就接下的條件。

當然，那條件有跟沒有一樣。堀北對這值得慶幸的幫手登場感到高興。

他就像是電影裡的夥伴，從空中趕來拯救被敵兵逼入絕境的女主角。

「我知道了。我會先想好叫出他們兩人的方法。」

幸村只和他們達成最低限度的約定，便若無其事地離開教室。

「總之太好了。我可以想成是這樣吧？」

「未必如此吧。說要先想好，妳和那兩個人應該也沒交情吧。」

我忍不住不吐嘈，於是便對堀北吐了嘈。

「……平田同學，他們會乖乖服從幸村同學嗎？」

「難說耶……我想妳應該知道，他們三個各個都是喜歡獨處的類型。不過和幸村同學的個性或想法合不合，那點也許有點令人不安呢。」

聽見這些話的堀北稍做思考，好像想到什麼，而往我看過來。

「欸，綾小路同學。我可以拜託你管理幸村同學他們嗎？」

「管理？」

「你在船上和幸村同學同寢，我覺得應該多少能夠靈活處理。與三宅同學或長谷部同學之間的交涉或許會有困難，但如果你在中間的話，和我們應該也容易聯繫吧。」

堀北說出這種話。那如果採用刪除法的話，當然算是個比較好的方案吧。因為那三人之中好像沒有可以和堀北每次都保持聯絡的人。

就算這樣，為什麼要選中我呢？我明明難得沒戲分很高興耶。

「你好像很不願意呢。你不是願意幫我嗎？那完全只是管理，我不會說希望你教書。」

雖說只有管理，但那個管理靠普通方法應該行不通吧。

「我可以拜託你吧？」

受到堀北已經開始轉換成威脅的壓力，我只能點頭答應。

我就在此改變所有想法吧。

接受此事可以保住堀北的面子，也會比較圓滑。

也就是說，她應該不會再讓我做些什麼了。因為最麻煩的是教書或想題目呢。

「我會盡量試試。」

我這麼回答，便在堀北看不見之處嘆了口氣。

3

放學後，我為了趕緊行動而開始進行準備。我叫了幸村，接著去找三宅搭話。因為接下來要開讀書會。我預先拜託平田，並獲得他們兩人的事前承諾。

「咦？長谷部呢？」

課堂一結束，長谷部就不知為何從教室中消失了。

「她逃走了嗎？」

幸村有點憤怒地嘟噥道。

「長谷部不是那種人，她大概是先走了吧？」

「為什麼有先走的必要？」

「應該是有各種事情吧。」

三宅好像很了解長谷部，而沒有特別擔心。

我們暫且前往讀書會的預定地點——帕雷特。

此時，我們在通往咖啡廳的走廊途中看見長谷部的身影。

「妳為什麼先走了啊？」

幸村一看見長谷部的身影，就逼問道。

「什麼為什麼，因為我不想引人注目。在班上有點不方便呢——」

長谷部曖昧地回答。幸村好像把那理解成是感到丟臉。

「意思是妳討厭被人看見跟我們說話的樣子嗎？」

「不是那樣啦。我也有各種苦衷。」

「別在意啦，幸村。長谷部平時就是這種感覺的傢伙。」

「在這裡站著閒聊位子感覺會被占滿。不先移動嗎？」

我也懂幸村會想生氣的心情，但還是暫且催促了他。

事實上，迎接放學後的帕雷特裡正不斷開始聚集起學生。

「是啊……座位滿了會很麻煩。走吧。」

隨即恢復冷靜的幸村率先走出。

「妳也再稍微注意一下發言啦。」

「那是會讓人那麼不愉快的說話方式嗎？我會稍微反省的。」

看來長谷部並沒有惡意。

我們設法成功保住能坐四個人的座位，並且重整場面。

「呃，嗯——總之，請多指教。」

幸村坐我隔壁，長谷部坐我正對面，三宅則坐在長谷部隔壁。

我不知道要怎麼發展才會完成這種集會，但總之我們完成了盡是突兀感的四人組。

「如果有什麼問題的話，我暫且會先行受理。」

我這麼問完，唯一的女性長谷部就簡單舉起手，並且這麼說道：

「綾小路同學，你真健談耶。」

「……妳劈頭就提出這種問題啊。」

長谷部有點興致勃勃地抬頭看我。我站著說話好像讓人覺得很不可思議。

「該怎麼說呢？因為我對你完全沒印象。你就像是即使請假也不會被發現的那種學生？」

因為我平常沒和長谷部交談過呢……她懷有那種印象也沒辦法。對於這種評價，三宅提出了體育祭的話題。

「但上次接力他很厲害吧。因為那件事，綾小路一舉變成受人矚目的對象。」

「好像是呢。但我去了洗手間，沒看見綾小路同學活躍的身影，所以才覺得很不可思議。你和之前的學生會長賽跑了吧？體育祭結束之後好像馬上就成為熱門話題。」

「綾小路，你國中時是田徑社的嗎？而且，看見那個模樣應該會有田徑社之類來挖角吧。」

「啊——算是多少有受到勸說，不過我拒絕了。」

結果，那種事只是一時性，不是會一直持續的熱度。田徑社的人應該也已經不會把我的事情當作話題了吧。因為就算腳程快，如果對社團活動沒興趣就沒意義。

「老實說，我也沒參加過社團活動，所以也不知道情況。」

「這樣啊，真浪費耶。」

在我的話題接連不斷的情況下，幸村不發一語地持續傾聽對話。長谷部根本不在意他的模樣，並把話題轉到三宅身上。

「小三好像是弓道社嗎？每天射弓好玩嗎？」

「要是不好玩我就不做了。順帶一提，要射的不是弓，是箭。」

說得也是。

「我對社團活動沒興趣呢。我只要每天都可以開心度過就好了。」

他們兩個與我至今感受到的印象相當不同，比我所想的還健談。

「順帶一提，小三你社團活動沒關係嗎？」

「我請假了。」

「還真是乾脆耶——」

「如果有優先事項時我就會那麼做。尤其我們是沒處罰的不嚴格社團。」

「能稍微打擾一下嗎？在開始讀書會之前，我有件事想先說。」

默默聽著對話的幸村沉著地如此開口。他視線捕捉的對象既非三宅也非長谷部，而是我。

「你不可以像在體育祭那樣隱藏實力了喔，綾小路。」

「咦？你是指什麼？」

「我指的是讀書這方面。我聽堀北說你相當會讀書。」

「……那傢伙。」

堀北似乎在我不知道的地方對幸村做了多餘的灌輸。

「唉，我比較擅長背東西。我想我專心念的話，是可以拿到一定程度的分數。」

要是不先說這點事，應該很難贏得幸村的信任吧。

「是可以辦到卻不做的類型嗎？」

「是比不上你。別對我抱著過度期待，畢竟我也不擅長教人呢。」

「我知道了。你也要盡量拿多一點分數，認真地全力以赴。因為是由我來教，我絕對要讓你們拿到比期中考還要高的分數。」

幸村彷彿在說事不宜遲似的開口說道：

「你們都按照我指示的那樣，帶來第一學期與上次期中考的考卷了嗎？」

「算是啦。」

長谷部答道，三宅也點了點頭。接著從背包裡拿出考卷，遞給幸村。

我斜眼確認考卷，同時慢慢確認其中內容，並從那裡得出結論。

「你們兩個都完全是理科的料呢。文科幾乎都很毀滅性。」

兩人的數學分數大約是七十分，是比較高的分數，但有關國文或世界史則是四十分左右。這樣的話，他們會擔心也可以理解了。

「我之前不認為你們很要好，虧你們會知道彼此擅長和不擅長的部分重疊呢。」

「之前我在圖書館讀書時被長谷部搭了話。就是那種經過。」

「我和小三都算是比較偏孤獨組的那類人，無法完全融入班級呢。」

與班級保持距離感的兩人沒有隸屬特定的團體。那也是沒融入班級的很大因素嗎？

「在這種意義上我也一樣。基本上現在存在的這一團，我也覺得很有突兀感。」

「那你為什麼贊成這次組團呢？」

「這沒到團體程度，只不過是讀書會。而且人數少的話也很安靜吧。自己要念書也不會妨礙別人。所以接下來我要思考讀書方式。雖然很抱歉，但我需要一些時間。」

「了解。那我們只要隨意喝杯茶等你就行了吧？」

長谷部事不宜遲似的拿出手機放鬆。現在的時代只要有手機，就可以很容易地消磨時間呢。我也要隨意滑手機嗎？或是該做些什麼？

我忽然感受到視線，便不經意地將視線移往那個方向。

於是看見數名男學生邊窺伺我們這邊的情況，邊打電話給某處。是三名似曾相識的學生，全都是C班的。我只知道位在中央石崎的名字。

希望別被捲入麻煩事——

不過石崎他們沒來找碴，雖然他們不時會看過來，但還是走到帕雷特放在收銀台旁的蛋糕櫃前方。那裡陳列、販賣著可以和飲料一起享用，或是可以外帶的蛋糕。草莓蛋糕跟蒙布朗好像特別有人氣，但我不清楚詳細狀況。店員判斷他是想購買的客人，而聽取學生點餐，但情況好像實在難以進展。店員完全沒有跡象要伸手到蛋糕櫃裡，逐漸轉為傷腦筋、感到抱歉的神情。

「就不能想點辦法嗎！」

石崎等得不耐煩而喊道，嘈雜的咖啡廳裡瞬間大大降低音量。

「就算您這麼說——如果是那種特別訂購的蛋糕，如果不提早一週說的話，我們會很難應對……我們實在無法在當天準備。」

隨著這般應對的聲音傳來，帕雷特內便若無其事般地再次吵鬧起來。

「那是怎樣？」

長谷部邊轉著筆，邊有點厭惡地看著石崎他們。

「不知道耶，那與我們無關。」

幸村完全不表示興趣，並看著兩人的期中考卷，開始寫起什麼。他應該正在推敲他們不擅長的部分是哪一帶，以及該採取怎樣的對策吧。

「蛋糕啊……」

我並不是對石崎他們的對話感興趣，但話說回來，明天就是我的生日了呢。

老實說，我完全沒有普通人會懷有的那種過生日的印象。只有增長一歲的這種感覺。

我不是什麼都不知道。我知道生日是受到家人或情人、朋友祝福的日子。我只是不知道那種時候的情感。

「怎麼啦，綾小路同學？」

「沒什麼。」

明天是十月二十日。

這間學校有許多學生、職員、教師等人在籍。

就算有一兩個人同一天生日，也絕不是件不可思議的事。

對方與我之間的不同，就只在於是不是會受到祝福的存在。

明年會有任何人知道我的生日嗎？

4

「我去續一杯咖啡。」

「我也要。」

幸村在帕雷特開始確認他們兩個的考試結果，並且已經經過三十多分鐘。幸村還沒有要抬起頭的樣子，現在確認與決定方針好像還暫時需要時間。

長谷部和三宅拿著空杯走向店家的收銀台。雖然只限同一天，但帕雷特的機制是可以帶著發票用半價飲用第二杯。帕雷特可以喝到既便宜又美味，而且連分量都無可挑剔的咖啡，在一年級學生之間好像也日益增長了人氣。長谷部和三宅兩人已經打算喝第三杯了，但教書這方的幸村，他的第一杯咖啡還剩下一半。他將認真的眼神依序落在課本、筆記及考卷上，似乎正在思考要如何讓他們讀書。

「好像很辛苦耶。」

「因為我幾乎沒教人念過書呢。以前我有教過國中的笨蛋同年級學生熬夜抱佛腳，但我實在受不了那樣。說起來那傢伙沒打好讀書基礎，所以也無法專注在事情上。」

幸村像在回想當時的事而暫時把筆放著，面向了天花板。

「現在我也忘不了當時那段白費功夫的時間。我認為教人念書是笨蛋才會做的事。第一學期堀北和你集中不及格組開讀書會時，老實說我也在心裡笑過你們。對平田他們的讀書會也是。想著做徒勞無功的事情又能怎樣。不會念書的傢伙，說起來也幾乎都是討厭讀書的人。讀一兩天擺脫不及格，這樣就覺得自己有念過書了。我覺得這種讀書明明根本就是沒學進去的徒勞之舉。」

與其說是在口出惡言，幸村看來只是在嘟噥著純粹的真心話。

「那麼，你這次為什麼決定教人？」

而且這次考試與幸村以前教過的熬夜抱佛腳，在內容上是無法相比的辛苦。預計不徹底念書就無法通過，而且難度很高。幸村背負的壓力絕對不輕，萬一長谷部&三宅這對退學，也會有責任重壓到幸村自己身上。屆時，他的想法將超越那是他們兩個自己的責任這項事實，並後悔自己要是可以教得更好就好。幸村就是這樣的人。

「我在體育祭上沒派上任何用場，被我認為不需要並捨棄的事情扯了後腿。大家的差異，大概也就只有捨棄的東西是運動或是課業吧。」

池或山內、須藤等人不會讀書。幸村不會運動。雖然領域不同，但因為他判斷這些在這所學校裡是同等的，所以才會說出剛才的話吧。

「這間學校只會讀書不行，只會運動也不行，就算兩者兼具也還不夠。即使是堀北或平田那種文武雙全的人，光是那樣也一定熬不過考驗。還有像是直覺、靈感、常識。總之，我們將被接連要求人類社會上不可或缺的特質。這麼一來靠個人的話就沒輒了。將成為必要的，就是能填補那一切的團隊以及團結一致。就只有那樣了吧。」

幸村入學這所學校到現在應該吃盡了各種苦頭吧。

「所以我決定幫忙。我想靠我能辦到的事為班上貢獻。」

而那當然就是他自己最擅長的念書。

「察覺自己懷著只要會讀書就好的任性情感，也是其中一個理由。我是想起過去我那個自私的母親才察覺到這點，所以才能重新審視自己……不對，剛才那些話是多餘的呢。你就忘掉吧。」

回過神的幸村這麼說，中斷了話題，接著把視線從天花板上移開。

「如果我是負責池他們大概就會更辛苦吧。三宅和長谷部都擁有對課業認真全力以赴的能力，所以很容易進行。而且正因為擅長理科，所以理解力也不差。雖然我不知道可以讀到什麼地步，但至少應該可以期待他們會有大幅進步才對。」

真是正向……不，應該把這當作是他接觸兩人之後的反應嗎？雖然只是在旁觀察，但三宅也好，長谷部也好，他們對讀書的態度都不錯。著眼點或理解能力都相當不賴。正因如此，幸村也才會認真想要回應他們吧。

「我去一下洗手間。」

長谷部他們也還沒回來。

距離開始讀書似乎還要一段時間，所以我也離席了。我會這樣也是因為剛才感受到的視線不只有石崎他們，我也感受到其他目光。

雖然我無法清楚地看見那邊，不過有某個人物在偷偷地往這邊看。幸村完全沒看離席的我，於是我便直接移往隔壁座位。那傢伙好像不覺得有被我發現，而藏住氣息似的弓著身軀。

「妳一個人一直在做些什麼啊，佐倉？」

「呀！」

佐倉嚇一跳，並戰戰兢兢地抬頭看我。

「真真、真巧耶，綾小路同學！」

「這樣啊，這是巧合嗎？」

「這是巧合喲。」

「我覺得妳不時會回頭直盯著我們看耶。」

「那是——那個……對不起……」

佐倉最初就沒信心貫徹謊言吧，她馬上就招認了。

「妳也並不是有什麼話要對我說吧。」

那樣就沒必要來這裡。如果很緊急的話，她應該會打電話或寄郵件過來。她也不是會有事找其他人的類型，從這點去看的話——

「妳也想參加讀書會嗎？」

「為為、為什、為什麼！」

「嗯——理由說出來的話很簡單，就是我可以從妳的背包看見讀書用具。」

明明就沒必要把筆記本全部帶回來，而有那些東西在就是那麼回事。這裡也有許多學生自己讀書，但佐倉絕對不會選擇在這種人群之中。

「啊嗚啊嗚……」

她心想不妙而關上背包卻為時已晚。那態度本身就像是在說Ｙｅｓ。

「如果不嫌棄我們的讀書會的話，妳要參加嗎？我會問問看。」

「可、可是……我幾乎沒和其他人說過話……」

佐倉無法靠近我們的桌位是因為不擅長與人相處。這點不用問我也知道。

「妳應該是自己有什麼想法才前來這裡吧？如果是至今為止的妳，應該就連來這間帕雷特窺伺機會都辦不到。」

獨自不斷潛藏在混著大小各色團體的地方，不是件簡單的事情。她應該想了好幾次要逃出去、想回去才對。

即使如此她現在也留在這裡，這就表現出佐倉的心理狀態本身。

「就交給妳決定要怎麼做吧。最好別把我在所以有沒有關係當作標準衡量。妳要想像幸村、長谷部、三宅他們會怎麼感受、怎麼想。」

佐倉或許會對這些話感到失落。

她或許會怨我，覺得——你怎麼不願意表現出要接受自己的模樣。

然而，佐倉的被動態度有時好，有時不好。

就是因為替佐倉的進步著想，所以這次保持距離觀望才會是最佳之策。

當然，我對那點也有一定的根據。

因為雖然我才剛接觸，不過三宅他們和其他同學相比，相處門檻感覺很低。我實際上是那麼感受到的。佐倉肯定也可以感受到類似的感覺。

「妳自己慢慢思考要怎麼做就好。畢竟我們還會再留在這裡讀書一小時吧。」

雖然好像有點冷淡，但我只留下那些話就離開佐倉。雖說是人來人往的咖啡廳，但如果太長時間待在佐倉座位旁說話，馬上就會被長谷部他們發現。

我過程自然地回到座位。幸村只瞥了我一眼，沒特別說些什麼。

大約等了兩分鐘之後便被人給搭話。

「久等嘍——那麼確認結束了嗎？」

「再一下。」

幸村加快作業速度。

「啊，話說回來啊，綾小路同學。我有點事情想問你。」

「不要啦，長谷部。」

三宅制止打算問些什麼問題的長谷部。

「有什麼關係，反正問又不會少塊肉。」

「不是那種問題吧。妳要考慮時間跟場合啦。」

「現在是放學後，這裡是學校附設的咖啡廳。現在可是拋話題的絕佳時機呢。」

三宅看見長谷部不打算退讓的態度，就一副會怎樣都不關我的事似的左右搖頭。

她到底想問我什麼呢？

「綾小路同學，你正在和堀北同學交往嗎？」

「沒有。」

「立刻回答？該說這好像是相當熟練的標準回答嗎？反而好像有點可疑耶。」

「因為我會被各種人問呢。我和堀北並不是老是一起行動的。」

「或許如此。但因為戀愛八卦都是半真半假呢。」

Welcome to
the Classroom of
the supreme principle
of force
活路的徵兆

長谷部這種喜歡一個人的女生，好像也對戀愛話題有強烈的興趣。

若是得體周到的男人，在此應該也會不忘對這樣的長谷部確認她有沒有男朋友吧。

當然，這種事我不可能會做（也不可能辦得到），話題就這麼結束了。

「好──」

幸村忽然氣勢滿滿地抬起頭。看來他已經結束了所有確認。

「總覺得已經掌握了你們兩人不拿手的部分。不過，詳細狀況我想從這裡研究。」

他這麼說，就把寫了各式各樣內容的筆記本翻開，面向三宅。

「我試著出了幾題文科題目。之後也要請長谷部寫，所以別直接在我的筆記本上作答，寫在你自己那邊吧。限時十分鐘，一共十題。」

三宅對即興出的題目毫無怨言地拿出筆記本。正因為他有好好認知自己是學習這方，所以才會乖乖地服從吧。三宅奮鬥十分鐘之後就以交棒的形式換長谷部挑戰。那些題目是為了更深入調查他們不擅長的傾向吧。

接著，共計二十分鐘的考試結束後，幸村就立刻開始打筆記本上的分數。

「真是的，你們……」

幸村算完所有分數，好像很傻眼地嘆了口氣，並發還兩人的答案。

他們彼此答對題數的圈圈是三個，叉叉六個，三角形則是一個。

考試的話就會是同分，但值得令人驚訝的就是他們答對、答錯全都一樣的這點。

「你們不只是擅長科目類似，連記憶方式或傾向都相同。」

「好厲害！不覺得這好像甚至讓人感受到命運了嗎，小三？」

「我感受不到。」

「喔，是喔。總覺得你好不識趣——但這就是所謂的危機嗎？」

長谷部回過神似的感到焦急，但情況其實相反。

「這種情況應該要理解成是很剛好吧。只要花一半勞力就可以解決。」

如果學力、傾向幾乎完美地相同，就像幸村所說的那樣，負擔應該會變得相當輕。

可以把要教的人數實質上當作是一個人。

當然，正因為極為相似，他們應該一定會有細微差異，但那部分只要每次都能取得彌補的形式，應該就可以比想像中更順利進行吧。

「可以輕鬆取勝的感覺？」

「那要取決於接下來的努力。我是從難度低的題目依序出題的，但這仍舊是個令人不安的正確率。我認為有必要定期準備這個場面……總之，就是準備讀書的機會。從期末考當天倒過來算，我希望有七或八次的集合機會。比起短期集中讀書，間隔一定時間讀書會較為理想。關於這點，你們三個沒問題嗎？三宅應該也有社團活動的問題吧。」

「接近期末考的話，社團活動大概也會休息吧，但時間就讓我再商量吧。」

幸村對理所當然的要求點頭答應。之後是長谷部那方——

「啊——在回答前讓我問個問題。那是像平常那樣讀書的感覺嗎？我不喜歡讀書，但預習、複習這點事，我認為自己還可以獨立完成。像這樣團體讀書會有好處嗎？我當然知道請聰明的人教也會連結到效率化啦。我是因為小三的建議才跟來的，可是還是有點半信半疑的呢。」

「妳好像不只對我的教法不安呢。」

幸村發現長谷部的說法有弦外之音，便說明了方針。

「我不打算開普通的讀書會。就理由來說，那是因為考題原本是由校方出，這次變成是別班出題。通常學校出的題目特徵有像是看準之後大學升學，或是內容限於基礎，而且相對容易預習等。要說理所當然，確實也是理所當然呢。所以老實說，關於學生出題部分是個未知數。很難制定傾向與對策。正因如此，考慮到那點的讀書方式就會變成是必要的。」

三宅認同幸村的說明。

「是啊。C班絕對會出很扭曲的題目吧。」

「嗯，但也不是完全無法制定傾向與對策。想到是C班出題的話，考題內容或許無法想像，但如果可以特定到個人又如何呢？就我的預測來看，我認為出題者會是『金田』。」

雖然名字我不太熟，但並非完全沒聽過。

「好像是那個戴眼鏡的噁心傢伙，對吧？」

「我想那種說法有點問題，但大概就是那個人吧。那傢伙在C班是最會讀書的。」

假如幸村帶來的資訊正確的話，想成當然是由功課好的學生出題就很妥當吧。

「可是啊，如果要出很扭曲的問題，也可能是由龍園或石崎出題吧？」

「那不可能呢。即使要出陷阱題，沒實力也無法出題。用你兩個不擅長的文科試著想像吧。你們想得出無法簡單解開的陷阱題嗎？」

「……不，完全想不到。說起來我連題目都想不到。」

「我也同意。像是社會科之類的，考試會出怎樣的問題啊？」

「就是這麼回事。就算想了出來，腦袋頂多也只會閃過理所當然的題目。難題或陷阱題不是想做就可以輕易做出的東西。假如隨意看課本，瞄準困難的漏洞，那作為問題也不會成立，校方會駁回吧。」

那個推測很切中要點。不過，如果要有把握的話還是稍嫌不足。

「題目成立與否，是由學校做最後決定吧？」

我稍微插入幸村的話裡。

「這樣應該就有必要知道校方判斷問題成立的明確標準吧？」

「話是沒錯，但要是能知道那點就不用辛苦了吧。」

Welcome to
the Classroom of
the supreme principle
of force
活路的徵兆

「我認為是可以知道的喔。總之，只要D班這方準備好幾個很極限的問題，再把它給校方審查就可以了。透過問題會不會被接受，大概就可以看得出明確答案了吧？」

「原來如此啊，確實是個好點子。」

「你很會嘛，綾小路。」

「這樣的話，我們好像必須盡早提出暫時的問題辨別學校的基準呢。我會試著思考幾個題目，但堀北或平田會願意行動嗎？」

「不知道耶……我們現在完全是分頭行動，詳情不明。」

「那樣就傷腦筋了。因為可以和對方那團維持聯繫的就只有你。」

三宅和長谷部也幾乎同時點頭。

「好啦，我會盡量先確認……但別對我有所期待。」

也就是說，堀北和幸村想把我當方便的中間角色的想法是一樣的嗎？

「嗯，原來如此啊。」

長谷部懷有的疑問好像解決了，臉上掛著笑容。

「我也沒參加社團活動，隨時都可以喲。以小三為基準來決定吧。」

她這麼說完，就讓出了所有決定權。

三宅見狀，便驚訝地看著長谷部。

「我還以為妳一定會拒絕，真是稀奇耶。妳通常不會想和男生有牽扯吧。」

「這次不讀書似乎會相當不妙。我退學的話是沒辦法，但我可不能連你都拖累吧？」

看來比起自己，她似乎是考慮到自己的朋友三宅才答應的。

「那麼，今天就解散了。我打算後天開始舉行第一次的讀書會。」

幸村如此總結。他預計在今天、明天研究題目傾向並制定對策嗎？

之後，就算我們宣布解散，離開了帕雷特，佐倉也沒過來搭話。

5

『這是很有益的資訊呢。確實會想先試試校方會准許哪種程度的題目。』

我和他們三個分開回到宿舍之後，就立刻聯絡了堀北。

是為了將幸村的資訊傳達給堀北，並請示今後的指示。

『我和平田已經正在製作對抗C班的題目，但我也想知道陷阱題可以出到什麼程度。讓我好好共享你那邊的資訊吧。一切好像都進行得很順利，真是太好了呢。但C班出題的是金田同學，這點是可以相信的嗎？』

「沒有絕對的保證呢。但在讀書會上研究留意金田這號人物的題目傾向與對策，也是一種辦法。先做也沒壞處吧？」

『是呀，就讓我這麼做吧。假如這次考試全都塞滿了難度很高的題目，即使是我們，或許竭盡全力也只能考到八十到九十分。』

如果比學校出的考試還難以應付且困難，那大概就是分數的極限值了吧。

『對了，今天讀書會進行得如何？方便的話，可以說給我聽嗎？』

這不是特別要隱瞞的事，於是我就老實說出今天發生的事。不過，我有稍微誇大其辭。我彰顯了自己交到朋友的事情。側耳傾聽的堀北卻完全沒提及那點，對我的話左耳進右耳出。

她唯一留意的，就是三宅與長谷部的學力有許多類似處的部分。

『他們好像完全不是故意那麼做的，還真巧呢。』

「是吧？」

即使偶爾會有擅長與不擅長重疊，但相似到這種程度就很稀奇了。

「我會暫且試試看。畢竟他們感覺是很容易控制的成員。」

『麻煩你了。另外，我還有另一件事想拜託你。幸村同學讀書會休息的日子，可以請你也來我這邊露臉嗎？』

「這和最初說好的約定不一樣吧？」

『沒有任何不同。你不需要教書，我只希望你管理大家。』

管理的那個字眼很含糊。太過含糊不清，我完全不知道在指什麼。那就像朋友以上、戀人未滿這句話的定義一樣，讓人搞不清楚。

「……什麼管理啊？」

我這麼反問，接著便聽見了她故意似的嘆息聲。

『對照於教書的人，學習的人太多，這就是個問題呢。不管怎樣，我都無法監督到所有人。我想請你監視大家有沒有好好念書。』

「學校一個老師就教好幾十名學生讀書吧？妳別想得太天真了。」

『說得真自以為是，但老師也無法獨自監督所有人，所以才會產生池同學他們那種不會念書的學生。即使是像這所學校裝設監視器，情況也一樣呢。就算只在上課態度上蒙混過去，但到頭來就是因為他們沒專注念書，才會被逼入像現在這樣的絕境。』

我認為自己很勇猛果斷地反駁了，卻一口氣遭到反擊，並且被她擊沉。

『幸村同學也因為不習慣教人而正在苦戰吧，但我這邊因為人數多所以難以駕馭。尤其池同學和山內同學是個問題呢。因為他們比幼稚園兒童還更欠缺專注力。』

池和山內好像有出席讀書會本身，不過似乎很恣意妄為。

『你有要反駁的嗎？』

「沒有。」

『很好。』

「我晚上可以不出席吧？」

『可以。因為晚上比白天好太多了。但與男生相反，有一部分女生會很吵呢。』

原來如此。原本沒預定參加讀書會的女生們以平田為目的參加了嗎？即使有輕井澤這個女友存在，但接觸帥哥應該感覺也不壞吧。既然駕馭那個帥哥的輕井澤在D班裡的行情必然會提昇，那這就不會是種不好的發展。

我並沒有參加那個場合，但總覺得對方團體的情景浮現在腦海，感覺相當有趣。

話說回來，在很吵鬧的話題中沒有須藤的名字。

「須藤很乖嗎？」

『嗯，他很認真投入。雖然程度方面還沒有達到國中生程度。』

讀書內容就不說，但他在態度方面好像有好好在努力。

『明天起就麻煩你了。』

至少只有沒有好預感的這點，我很確定。

「對了，包含讀書會的事情在內，我想要先確認。櫛田她怎麼樣？」

『怎麼樣是指？』

「沒什麼特別改變嗎？」

『當然。我想她有在能負責的範圍幫忙呢，我們也達成了請她每天出席讀書會的約定。』

我想問的不是那種部分，就堀北的立場來說，她好像也還沒發生要特別說出來的那種事件。畢竟是第一天，我應該沒機會討論到很深的地方吧。不過就我的角度來看，我無法悠哉旁觀那個問題也是事實。

「妳已經開始製作對抗C班的題目了吧？」

『當然。作為基本方針，我打算夾雜平田同學以及幸村同學的意見來製作題目。我本來想請更多人幫忙，但人越是增加，也越是會增加題目走漏到C班的危險性，所以這是我很煩惱的問題呢。』

沒錯，題目與它附帶的解答，就是D班的防守要點。就算努力在進攻讀書，防守要是被擊潰，那我們根本就撐不住。就算萬一發生什麼事情，考題也是不能洩漏出去的部分。也可想成會有某人前來接觸、刺探消息。

「即使如此，要完美地排除外人也很困難吧。考慮到櫛田的性格與她至今為止的行動，她不是也有參加晚上梯次的讀書會嗎？妳也很難和平田商量吧。」

『是啊，這點我確實無法否定呢。但她也無法隨意行事。我想只要我們不拜託她幫忙出題，她就不會說出不謹慎的話。』

只有這點，我們彼此都只是在推測。櫛田下次會採取怎樣的行動，原本就是我們雙方都無法預測的事。

「對D班來說，題目與解答就是命脈。妳別忘了如果消息外流，D班就會確定敗北。」

這不同於想要把櫛田納入夥伴的想法，是必須先考慮的問題。

現在的狀況不容許放著眼中釘不管。

『我會避免資訊公開。但這大概不是這樣就解決得了的事情吧。』

「我擔心的不是製作問題中的過程，而是在那之後。就是我們向校方提出之後。只要最後考前一天向茶柱老師確認題目與解答，敵人就會知道那些內容了。」

體育祭時，櫛田為了看參賽表，對我們使出了那個手段。

龍園會來委託櫛田，也能想像得到吧。

『也就是說，除了和她用說的之外就沒手段能夠使出了。』

「即使如此，萬一資訊洩漏給C班，妳要怎麼辦？」

『那種情況——我不想去想呢。』

「不能不去想吧。這是攸關D班所有人的事。不管再怎麼念書提高分數，如果對手那方可以得到將近一百分的答案，我們就沒有勝算。」

只要答案被對手完全背下，我們就輸了。

『是啊，我也了解你會不安，但我也有自己在思考對策。現在已經超過晚上十點了，我想在睡前多製作一題題目，我可以掛了嗎？』

我同意了她的告知，並且結束了通話。我發現手機剩餘電量很少，就把它插上接在附設在床上插座的充電器。

這次的課題與體育祭時的流程相似。就像體育祭上使用的參賽表就是命脈，期末考上則是題目負責了命脈的職責。龍園或櫛田不是用相同手段就可以行得通的對手。他們一定會想到其他手段才對。

堀北說會思考對策，但我不知道那會是何種程度的內容。

她應該打算徹底從正面說服櫛田吧。

我一點也不打算嘲笑堀北的作戰。倒不如說，除此之外幾乎別無手段。

雖然只是假設，但假如我要拉櫛田入夥，屆時我應該會用對輕井澤做過的那種威脅行為，不，我應該會使用更甚於此的做法讓櫛田屈服。不過，我還不清楚櫛田過去的細節，在現在這種狀況下，我也無法使用那種手段。再加上，如果考慮到我下決心的方式跟櫛田不同，實際上也無法保證我可以完全威脅成功。這兩者好像相似，但其實並不一樣。

「……我要怎麼做呢？」

很遺憾，現在的我想不到其他手段。

我掛掉電話，休息了一會兒，便收到了一封郵件。是龍園寄來的信。

體育祭之後，我從C班學生真鍋等人那兒問出了龍園的郵件地址，並且寄了郵件。龍園到現在才回信。

『你是誰？』

內容只有寫著這樣一句話。

「又寄了封沒意義的信……」

我人沒有好到會回覆龍園。我是免費信箱，無法追蹤。這種事應該很顯而易見才對，這大概是龍園在鬧著玩吧。

我決定無視郵件並且去睡覺。

6

放學後的圖書館，儘管時間還早，卻因為有許多學生而相當熱鬧。

雖說熱鬧，但這也並非學生們沉浸在聊天很吵鬧。

因為平時連一成都沒坐滿的座位，現在將近一半都充滿學生們。當然，大部分學生們都不是在看書，或是和朋友聊天，而是埋頭在考試念書。

「咦——圖書館是這樣的啊——」

一名學生在我身旁感興趣似的嘟囔道。

對，我身旁稍微發生了問題。

佐藤好像決定參加讀書會，於是就跟我來到了圖書館。

上次交換聯絡方式之後，佐藤就不曾聯絡過我半次。這實在很尷尬。

「我是第一次進圖書館，綾小路同學你呢？」

「……我來好幾次了。」

「這樣啊，沒想到你有在讀書之類的呢。」

「與其說是念書，倒不如說比較像在打發時間。」

「要打發時間，所以來圖書館？真奇怪呢。」

我姑且算是做了對答，但總覺得我的態度變得很心不在焉。

因為我完全不懂佐藤現在是抱著怎樣的心情來接觸我。不過，佐藤也是女孩子。她不會漏看我這方的細微情感奧妙之處。

「那個呀，綾小路同學……你會很困擾嗎？」

「妳是指什麼啊，佐藤？」

「喏，畢竟我突然說要參加讀書會。」

「我沒差。教書的堀北或櫛田她們與其說是困擾，反而會很開心吧？」

同班出現退學者，基本上不會有任何值得高興的事，以及任何好處。

「不是那樣啦……」

當然，那不是佐藤期望的答案吧。她表現得有點沮喪。

不過，圖書館這地點有點棘手。我為避免打擾其他學生而小聲說話，相對使我與佐藤之間的距離出乎意料地近。我連佐藤細微的呼吸都感覺得到。

難道這也是被分類在寶貴的青春一景裡嗎？若是這樣，青春也許出乎意料地是種嚴苛的東西。因為這狀況對我來說一點也不開心。我會無謂地緊張，也會不由得擔心佐藤，揣測對方的情感，並且挑選用詞。

我現在最殷切希望的就是「想趕快回去」。只有這點而已。

不——並不是這樣的嗎？

我稍微恢復冷靜，試著重新思考現在的狀況。

我確實困惑於過去不曾經歷的現象。這件事被歸類到「戀愛」裡實在是太抽象了，而且不存

在明確的答案。從過去活在零或一的世界的我來看，我會出現拒絕反應也是很自然的過程吧。

但我不就是因為期盼那種零或一之外的東西，才來這所學校的嗎？

「大家都好認真呢，還會使用圖書館之類的。」

「在這裡開讀書會就像是每次的慣例呢。」

堀北偶然拾起佐藤對我說的這些話，並如此答道。

我因此恢復了冷靜。我將腦袋放空一次。現在先只專注在平安度過這場讀書會吧。

堀北昨天就已經造訪過圖書館，好像對這片光景不感驚訝。

「你們兩個，唯有像昨天那樣吵鬧的那種事就別做了吧。下次或許就不只是被嚴厲勸戒就能了事，我們也可能被趕出去。」

「知、知道了啦——」

堀北他們告誡池和山內兩個問題兒童，同時確保空位。雖然只論空位的話，這裡半數以上都是空的，話雖如此也並不是只要是空的哪兒都能坐。

這好像是哪個學校都會有的現象，學長姊、學弟妹可以使用的空間是分開來的。學長姊優先使用的空間，在咖啡廳的話就是景觀好的窗邊一部分，在這間圖書館的話就是免費飲料的旁邊——這些事情都成了潛規則。

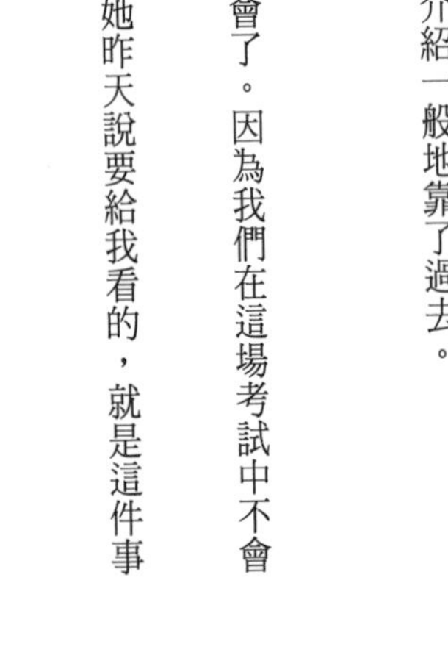

在這般地盤劃分的情況下，一年級生被允許使用的部分就會像是接近入口的嘈雜地方。不過，這次有除此之外不得不注意的事。

可以的話，我們想避免有C班學生在的那附近。

「堀北，妳打算怎麼做？」

「如果是你擔心的那點，你大可不必操心。因為我已經使出手段了。」

堀北的視線前方有人在一年級使用的區域移動。一名發現堀北的學生站了起來。對方慢慢揮手，招手叫我們過去。

她是一年B班的學生——一之瀨帆波。一之瀨附近的B班學生們共有八名。

似乎是男女各四人，加上一之瀨的九個人。

從我隔壁鄰居的側臉看來，這似乎不是偶然。我們像在被介紹一般地靠了過去。

「讓你們久等了嗎？」

「不，完全不會，因為我們也才剛到。對吧，各位。」

「昨天我在圖書館見到一之瀨同學，就提議要一起辦讀書會了。因為我們在這場考試中不會和B班決勝負，我認為也有能互相幫助的部分。」

那個堀北居然會自己做出那種和眾多旁人牽扯上的提議。她昨天說要給我看的，就是這件事情吧。

好事多磨。但池他們在進到圖書館之前都很安分，結果興致卻往奇怪的方向高漲。

「池同學，我剛才才勸誡過你吧……？」

堀北使勁抓住池的手臂，池害怕得就像隻被蛇盯上的青蛙。

池他們會在讀書會吵鬧的理由原來就在這裡啊。如果和B班的女孩子待在一塊的話，會變得得意忘形也不是不能理解。

「今天綾小路同學也來了呀──」

「我本來就是不及格邊緣的學生。或許要暫時受妳照顧了。」

「這點是彼此彼此喲。」

雖說這裡是安靜的空間，但也不是完全無法對話。當然，以一定程度的低音量說話是必要的。由於一之瀨他們好好地占住角落位子，因此我們的對話也沒那麼引人注目。另外，室內撥放的音樂也漂亮地替我們消除那些低語的聲音。這是貝多芬的第六號交響曲《田園》。

雖然不知是誰選的曲子，但這是可以令人放鬆，且相當好的選擇。

不過，堀北居然會想到聯合讀書會啊。若以可以確實互相合作作為前提，這場考試就很可能可以謀求效率化。像是互相交換班級擁有的資訊，人數多的話著眼點相對也會增加，對出題也會派上用場。

不過，我們也同時抱有風險。如果B班有學生和C班有交情，這些資訊恐怕就會洩漏出去。

堀北當然也是理解這點後，正因為選擇了好處那方，才會聯合起來戰鬥吧。

各班學生隨意坐上空位。

「我們坐這裡嘛，綾小路同學。」

「好、好的。」

我就這樣被佐藤催促。她招手叫我過去，我便在她隔壁座位坐下。

「什麼嘛，佐藤。妳今天還真是常待在綾小路附近呢。」

「那是當然的吧──畢竟我們變成搭檔了。」

我可不能被一之瀨貿然盯上，於是一就坐就隨便拿出課本與筆記。就算只是形式，我應該也必須讀書吧。

「欸，綾小路同學。我該怎麼讀才好呢？」

「……那種事情，妳就去問堀北他們吧。」

「這不是個好機會嗎？都組成一隊了，你要不要就照顧佐藤同學？」

堀北也不懂別人的心情，就說出這種不負責任的話。

「我和佐藤的考試分數只有一點點差別，根本談不上教書吧。我甚至還想被人教呢。」

也因為一之瀨在眼前，我於是急忙圓場，但這或許失敗了。

「是嗎？我知道了，那就由我來好好教你們念書吧。」

堀北剛才好像是為了引出我的承諾才那麼說。

「一起加油吧，綾小路同學。」

「好、好的……」

實在很令人費神的讀書會好像就要開始了。

這預感幾乎應驗了。

「綾小路同學，你總是很沉穩呢，感覺有點老成。你國中時是怎樣的人呢？」

佐藤猛然靠過來，並把身體往前傾，然後抬頭這麼問來。她制服穿得胸口有些敞開，雖然只有一點點，但她的乳溝映入了我的眼簾。不知佐藤有沒有發現這點，總覺得她的呼吸有點急促。

「應該很普通吧。沒有特別醒目或不起眼，和現在沒有不同。這種就叫做陰沉吧？」

我用壓低自己價值的風格，試圖與佐藤保持距離。

不，並不是佐藤不能對我懷有好感，而是因為有好幾道令人不舒服的視線正在看著我們兩個，我無法忍受這點。

尤其池和山內都對我報以露骨的懷疑眼神。

「綾小路同學不陰沉呀，該說是很酷嗎？或是感覺很冷靜？」

「我想我和很酷之類的沾不上邊喔。」

「是嗎？我是不知道別人，但我覺得你很好喲。」

看來我不管說什麼，對佐藤來說，她都會認為很有趣似的正向理解。

那麼，我就在此使用正當方法脫離窘境吧。

「……那，就從不擅長的地方開始問吧。妳有期中考的考卷嗎？」

「有喲。」

她從背包取出變得皺巴巴的考卷，接著把它攤開。每一科的分數都在五十分附近徘徊。數字上通過了不及格範圍，但是答案內容相當粗糙。簡單的題目答對了，不過難度中等以上的就很毀滅性。

佐藤至今沒那麼認真念書就能度過考試，我甚至覺得很不可思議。

「怎麼樣？有點糟嗎？」

「是啊……我也差不多，一起讀書吧……」

「嗯！」

佐藤興致高昂地點頭，但我真希望她的嗓子可以別那麼大。

「總覺得你們好像有點要好耶——？」

池遠遠看著我們的對話，這麼吐嘈過來，投來懷疑的眼神。

「我們是搭檔，互相合作是理所當然的吧？」

在我正煩惱的時候，佐藤就以考試為由，堂堂正正地答道。

「別說那種莫名其妙的話，給我開始準備。」

堀北不在意誰想和誰關係要好，而勸戒了池。

「咕，我知道啦。」

池好像很不滿，但他還是急忙開始準備讀書。

這真是教育的成果呢……他被管教得很好。

7

讀書會平安無事地結束，學生們都各自開始準備回家。

「啊——我累了！」

池他們連在一般課堂上都無法維持專注力，從他們看來，放學後的讀書會根本就是地獄。

雖然沒有老師的耳目，但沒有自由的時間應該很難忍耐吧。

池他們露出爽朗的表情，但堀北見狀，眼神相當冰冷。

「可不是今天就結束，別忘記明天也有讀書會。」

「我、我知道啦，但就算稍微高興也沒關係吧？辛苦了！」

池等人就像脫兔一般離開圖書館。

「D班真熱鬧——我都希望這點可以稍微分給我們了呢。」

「在不好的方面是如此沒錯呢。我很羨慕沉穩的B班。」

一之瀨和堀北彼此都在強求自己沒有的東西，但令人羨慕的是B班的環境吧。

他們參加讀書會的學生程度比D班高，而且也很有專注力。

最重要的是，他們既安靜又沉穩，班級攜手合作的想法很強烈。

「那麼再見嘍。堀北同學也再見嘍。」

櫛田也帶著數名女生出了圖書館。

「嗯，再見。」

如此簡短交流，櫛田等人便若無其事地離去。目前櫛田沒有顯眼的接近舉止。看來好像都在互相揣測、制約對方。

「一之瀨同學，我可以稍微問妳問題嗎？」

「嗯？什麼呀、什麼呀？」

「可以的話，我只想讓妳聽見，好嗎？幾分鐘就會結束了。」

她將視線投向應該是原定要和一之瀨一起回去的B班學生們。

「幾分鐘是吧？那麼各位，抱歉，能請你們在走廊等我嗎？」

「嗯，沒關係。我們就隨便聊聊嘍。」

B班的學生們好像很爽快就接受了。一之瀨於是答應留在現場。D班和B班所有學生都結束手邊工作並且離開。

「我可以留下來嗎？」

「你在或不在都一樣，所以要怎樣都行。」

我一時以為她好像在挖苦，但我想她大概是藉由這麼說，來使我容易留下來吧。

「所以，是什麼事情呀？」

像這樣兩人單獨（雖然我也在）感覺很奇怪。

一之瀨和堀北性格鮮明對比的兩人肩並著肩。

「或許妳會理解成是理所當然，但如果夥伴傷腦筋的話，妳都會幫助他們吧？」

「嗯？假如傷腦筋的話，幫助對方不是當然的嗎？」

「是呀，B班現在開讀書會也是其中的一環吧。不過，就算一概地說要幫忙，但那也是有各式各樣內容的。像是為了提昇學力、霸凌問題、金錢問題，或是交友關係、與師長之間的關係。人會在各種地方抱持著煩惱。對於那所有的事項，如果正在傷腦筋的夥伴來尋求幫助，一之瀨同學妳都會伸出援手嗎？」

「那是當然的呀，能夠做到的，我全都打算去做。」

雖然問題很困難，不過一之瀨馬上就做出回答。她的眼神看來沒有任何迷惘。

「那對妳來說，對方是否為夥伴，妳有明確的基準嗎？」

她現在因為自己與櫛田之間的對立而找不到答案。

或許正因如此，她才會像在尋求救濟一般，對一之瀨拋出這種問題。

「嗯——……我有點不懂，這是什麼意思呢？」

「雖然這是舉例，但只要是B班學生，無論是誰妳都會無條件幫助嗎？就算是平時沒有深談過的學生。」

「就先不論對方是如何看待我的，只要是B班就是夥伴。假如對方有困難，我絕對會幫忙。」

「這或許是很愚蠢的問題呢。」

面對一之瀨再次毫不猶豫立刻回答，堀北對自己提問的愚蠢嘆了口氣。

「我就愚蠢地再順便稍微問妳一下。就假設B班裡有個生理上討厭妳的存在，妳們平時關係就很差吧。妳能夠喜歡那個人嗎？還是說會討厭對方呢？」

「不知道耶——那或許有點困難。生理上的厭惡。要是被對方這麼想的話，自己大概也會束手無策，所以只能盡量不被討厭地避免接觸呢。」

「那麼，如果那個人有困難的話……妳會怎麼做？」

「我絕對會幫助對方喲。」

一之瀨對最後的問題也立刻作答。

「就算被生理上的厭惡，那也是我的問題。畢竟B班的人全部都是夥伴嘛。」

「B班對妳而言，就是那麼重要的存在呢。」

「嗯，大家都是好孩子喲。一開始我也曾經對於自己不是A班而失望，但現在我覺得被分發到了最棒的班級。堀北同學，妳不這麼想嗎？」

「我想想……久居則安，D班意外地也不壞呢。」

「……哦——」

「幹嘛，綾小路同學。我很討厭你的那種眼神。」

我對誇獎D班的堀北備感驚訝，結果就被她瞪了一下。

「雖然插入妳們兩個的話題很不識趣，但我也可以問妳一個問題嗎？」

「你儘管問。」

「我可以理解B班同學無條件就是夥伴。我和堀北都隱約了解那種想法。我也覺得和同舟共濟的人變得要好就像是必然會發生的事。不過，A班或C班、D班裡都有妳可以稱作朋友的存在吧？」

「對我來說，綾小路同學或堀北同學都是很重要的朋友喲。」

「那這樣的我們如果有困難的話呢？要是我們跟妳央求要借一百萬點呢？」

「如果有正當理由，我會幫忙喲。這無關金額，我應該都會盡己所能吧。」

「真是的……妳人到底好到什麼地步呀。這樣不就是任何人都會幫了嗎？」

「嗯──要說理想的話是那樣沒錯，但現實沒有那麼天真呢。我個人能辦到的事情有限，我認為自己了解這點。就算龍園同學有困難，我應該也無法像幫大家一樣的幫助他吧。嗯──不過啊，如果不是什麼大不了的事，我會幫忙啦。」

她補充似的說道。通常我們就連「不是什麼大不了的事」都無法去做。

「大概就是這樣吧。只要是我認定是朋友的人，事情大小都不是問題。」

「雖然是很令人感激的事，但妳輕易就說出那種話，沒關係嗎？說不定我有困難時，就會央求妳幫忙我喔。」

「我很歡迎喲。因為我認定是朋友的人，全都同樣在『夥伴』的範疇中。」

堀北看見這種程度的好人模樣，好像想到有點壞心眼的事。她與平時的冷靜不相襯地說出這種話：

「那麼──如果我和神崎同學同樣都有困難，妳會怎麼做呢？」

「兩邊都幫──這種選項當然是禁止的吧？」

「要是我同意這點，那妳兩邊都會幫呀。」

「喵哈哈，真傷腦筋耶。」

被提出某種意義上很不合理的二選一，雖然說是想像，但一之瀨很不知所措。

「抱歉，這大概是沒答案的選擇喲。我從被給予的資訊能夠判斷的，就只有兩名朋友都為相同的問題所苦，而且都同樣來尋求幫助。這場面不管選擇哪邊，那既會是真的，但也會是謊言吧。」

一之瀨煩惱到最後所抵達的答案，實在很像是她的作風。

堀北聽見這些話，便打從心底驚訝，同時也很佩服。

「我不相信純粹的好人。我認為人大多都是會尋求回報的生物呢。」

堀北的主張、一路秉持且相信的東西開始發出聲響，逐漸崩毀。

「但是看著妳的話——我就覺得好人或許真實存在。」

她說出率直的想法，但一之瀨不知為何沒有正面接受這句話。

不，應該說是無法接受嗎？

「這……這太抬舉我了喲，堀北同學。」

一之瀨一直以來都耿直、誠實地回答，我看見她的眼神初次游移不定。她離開座位，走到圖書館的窗邊。

「沒這回事。起碼妳比我至今見過的任何人都還好。我是這麼想的。」

「我不是那麼優秀的人喔。」

她看起來動搖到甚至無法直視堀北的臉。

「該說真的沒什麼大不了的嗎……」

堀北也在此察覺自己莫名地過度抬舉一之瀨，而向她賠不是。

「對不起，我好人好人地說得太過頭。我沒打算讓妳不愉快。」

「沒關係，我並沒有不愉快喲。」

她明顯很動搖。

我以為一之瀨所見的前方沒有任何陰影。

不過，那部分或許是我弄錯了。

「妳要談的就是這些嗎？因為正在讓小千尋他們等我，已經可以了嗎？」

一之瀨逃走般地離開位子。

「謝謝妳願意回答我這種莫名其妙的問題。」

「不會。那麼，明天見嘍。」

一之瀨出圖書館後，剩下的學生就變得越來越少。只有幾名三年級學生，以及感覺是圖書委員的學生。

「我們回去吧。我今天還有事要做。」

「雖然會變成重複確認，但櫛田的事情，妳打算怎麼做？妳的語氣就像是有想法呢。」

堀北應該也不喜歡被問好幾次吧，可是我不得不確認。

「她是特別的。無論如何，說服都要很謹慎。」

「特別？」

「我想了很多。想著我如果沒升學到這所學校，櫛田桔梗這名學生會過著怎樣的校園生活。結果我馬上就看見了。她會是像現在這樣受到任何人信任、依靠，而且既會讀書，又會運動，沒有半點缺點的存在。她應該會是那樣的學生並且就這麼畢業吧。可是，我卻不小心摘掉她這樣的未來。她現在甚至和身為敵人的龍園同學聯手，急躁得想把我趕出去。就算這是和自己班級敵對的行為，她也沒有猶豫。當然，這可不是我的錯。只是不幸同校的命運不好。但即使如此，對我來說，這也不是毫無關聯。」

所以她才要說服櫛田啊。

現在堀北比我想像中還更覺得這是她自己的責任。

不，她是打算完成職責嗎？

「我有些提議，可以聽我說嗎？」

「是怎樣的提議呢？」

「我總覺得找到為了讓櫛田和妳和解的一塊拼圖了。」

「什麼意思？」

「一之瀨是好人。是否純粹是個好人另當別論，但妳也同意她不是一般的好人吧？」

「嗯，說得難聽一點的話，她無庸置疑是個濫好人呢。」

「要不要借用那個濫好人的力量，請她居中調解呢？老實說，就算想一對一談話也不會實現吧。就算這樣，如果是找D班的某人，櫛田也絕對不會顯露出本性。」

「就算是一之瀨同學不也一樣嗎？只要在這所學校，無論是誰都一樣呢。」

「那麼，還有其他任何可能居中的學生嗎？」

「這……」

「如果要指名校內一個人，應該就會指名一之瀨吧？」

「我不否定。但即使這樣，我也不認為那是正確答案。」

「我沒有說會因此解決。這僅是通往解決的一塊拼圖、碎片。現在妳們兩個也無法如願交談。請一之瀨介入妳們之間，對話也會比較起勁吧。」

事實上，我認為一之瀨的存在就是解決問題的起點。

剩下的就只有使用方式的差別。

「你還真是戳到了我的痛處呢，但我不會參與那種計畫。我接下來要和一些人碰頭。而且櫛田同學的那件事要由我來解決。」

也就是說，她不能把一之瀨捲入嗎？

8

我們出了走廊，便發現個始料未及的人物正在等著。她看見我們就輕輕揮手，並且掛著笑容靠了過來。堀北沒有驚訝。何止如此，她一看見櫛田的身影就自己積極地上前搭話。

「櫛田同學，讓妳久等了。」

「沒關係，離約定時間也還有一段時間。妳剛才在和小帆波說什麼呢？」

「是很無聊的話題。」

「真感興趣呢。還是說，妳沒辦法告訴我？」

她的語氣與笑容依舊，但我感受到一股彷彿針對堀北的沉重壓力。

「是啊，畢竟那不是與妳無關的事，我就告訴妳吧。」

堀北就像在刻意誘導對話似的將她與一之瀨之間的對話加上變化，開始說了起來。

「我問她——怎麼做才可以一視同仁地對待所有人。」

「哦……？」

「我不打算拐彎抹角地說是誰呢。我就是在指妳喔，櫛田同學。」

「那個啊，堀北同學。或許我確實沒辦法和妳變得要好，但這種事我希望妳可以在綾小路同學不在的地方說呢。」

櫛田的真心話，應該是不想繼續增加知道自己祕密的人物。

「還是說——綾小路同學和一之瀨同學都知道其他某些事情了呢？」

銳利的視線射穿堀北。堀北率直接受這視線。

「說得也是。抱歉，綾小路同學，可以先請你回去嗎？」

「……我好像會礙事呢。那我就先回去了。」

我放下站著不動的兩個人，先行前往玄關。換好鞋子後，就一路朝宿舍前進。路途中堀北來電，我便接起了電話。

『我和妳是同所國中的學生。因為我知道妳的過去，所以妳想讓我退學——這些事實正確吧？』

接著，電話裡傳來這般模糊的聲音。

看來她似乎把手機放口袋，直接撥電話給我。這好像是堀北自己的特別服務，表示願意讓我聽見對話內容。

『真突然呢，為什麼要忽然提起過去的事？我不喜歡那個話題耶。』

『我也不想回顧過去。不過，這對我們來說是無法迴避的事。』

『是呀，畢竟我們幾乎沒有機會獨處呢。嗯，我確實希望妳可以從這間學校消失喲。因為妳和我同所國中、同學年，又是知道那個事件的人。』

『我想了很多次。我確實聽說過事件，但對原本就沒朋友的我來說，那不是我會感興趣的事。我聽到的只是謠言程度，並非明確的真實。』

『沒有保證妳不知道事實吧？』

『嗯，我無法填補與妳之間的隔閡，就是歸咎於這點。不管我怎麼否認，妳都無法否定我撒謊的可能性。不只是這樣，我認為妳無法容許我知道事件的存在，才會想把我趕出學校。』

櫛田不否定。堀北在此繼續說下去。

『妳要不要和我打賭，櫛田同學？』

『打賭？這是什麼意思呢？』

電話另一端寂靜無聲。

她們兩個好像停下腳步開始說起話。堀北對櫛田提議打賭。可想這並非當場的突發奇想，而是先前就想到的事情。

『妳不喜歡我的存在，這是個無可奈何的問題，對吧？』

『是呀，只要妳在這所學校，我的想法就不會改變喲。』

『可是，我們都是D班學生。今後不互相協助的話，是無法升上A班的呢。』

『那是依想法而定的呢。我認為那是只要妳退學就會解決的問題。』

『妳有打算退學嗎？』

『怎麼可能。要退學的話，就是妳去退學喔。』

雖然聲音模糊，也有許多不太清楚的部分，但雙方的聲音都很冷靜。

『我也沒打算要退學呢。』

『那就沒辦法了呢，我認為我們不管怎樣關係都無法變好。』

『是啊……或許如此呢。從那天到現在，我就一直在思考。思考該怎麼做才能共存。』

連我都想不到解決之策。就連現在也是。

『我接著得到了結論。就是不管再怎麼掙扎，這都是不可能的呢。』

『我也這麼想喔，堀北同學。這件事如果某方不消失是不會結束的呢。』

『但我們也不是小孩子。如果只是這樣互相排斥是無法向前邁進的呢。不過妳不信任我。』

籠罩短暫的沉默後，櫛田反問：

『那麼，妳要怎麼做？打賭是指什麼？』

『這次期末考上，如果我考了比妳高的分數，我希望妳今後能協助我，並且不與我作對。

不，我不奢求妳協助我呢。不過，我希望妳今後別對我做出妨礙行為。僅此而已。』

『意思是不論搭檔總分，妳想進行個人比賽嗎？』

『嗯。』

『這可是很胡來的賭注呢，堀北同學。我沒在考試上贏過妳，如果是總分的話就更難了呢。再說，我不認為我贏的時候會有好處耶。』

『是呀，所以賠率相對不同就會是理所當然的呢。因此──』

這時，堀北說出自己將會很辛苦的發言。

『我們不比總分，就以期末考舉行八科的其中一科來決勝負吧。妳可以自由選擇擅長的科目。然後，假如妳的分數高於我的分數，到時我會主動提出退學──如果是這種賭注也不會實現嗎？』

堀北說出令人難以置信的賭注內容。

兩人原本就有實力差距的話，勝負很難以實現。

不過，這若是賭上堀北自行退學的提議，狀況就變得不一樣了。

而且還設定了可以選擇櫛田擅長科目的這種好條件。

假設櫛田輸掉也沒必要退學，只要背負不妨礙堀北一事。另一方面，如果櫛田贏的話，礙事的堀北就會退學。

『這也可能變成單純的口頭約定吧。像是妳輸掉之後把比賽當作沒發生過。當然，我也有可能不遵守約定呢。相信那種話，這場勝負就真的會實現了嗎？』

『為避免那種情況，我認為自己準備了可靠的證人。』

『可靠的證人？』

『可以麻煩您嗎——哥哥。』

『唔！』

那名人物現身時，櫛田好像真的很驚訝。我也一樣。

那是隔著電話聽見的意外人物。

雖說是為了提高自己提議的可信度，但她還真是把不得了的傢伙當作證人了呢。

『非常抱歉，哥哥。我無論如何都想借助您的力量，才會把您叫來。』

對，前來的證人就是堀北學。他既是前學生會長，也是堀北鈴音的親哥哥。

『好久不見，櫛田。』

『……您記得我嗎？』

『我不會忘記自己曾經見過的人。』

他恐怕是在說國中時的事情吧。堀北兄妹是同一所國中。不過，由於哥哥畢業，他應該完全不知道關於櫛田引起的事件才對。

『他是這所學校裡我最能信任的人。對妳來說應該也是一定程度上能夠信任的人吧。當然，

我對哥哥也沒說過詳情。』

『我不過是作為單純的證人才被叫過來。對詳情也沒興趣。』

『這樣好嗎，堀北學長？假如您妹妹在考試上輸了的話——』

『提出賭注的是我妹吧，那這就不是我該插嘴的事。』

『我發誓就算輸掉也不會和別人說出任何不謹慎的發言。如果我這個妹妹是那種會打破約定的人，這件事要是廣為人知的話，也會傷及哥哥的名聲。我絕對不會做出那種舉止。』

這是最佳的絕對保證金。

『妳是認真的呢，堀北同學。』

『我也無法一直止步不前。』

『好喔，我就參加這場勝負。我希望的科目是數學。賭注內容就按照剛才堀北同學所說的沒關係。如果同分就視為無效，可以嗎？』

堀北點頭答應。這樣賭注就在堀北哥哥面前實現了。雙方都沒退路了。

『我就作為證人完成職責吧。萬一某方違反約定，就要請妳們做好覺悟。』

即使現在是退位的學生會長，她哥哥的權限應該也還是很大。

起碼在她哥哥畢業為止期間，櫛田也不得不遵守約定。

『謝謝您，哥哥。』

在這句道謝之後，場面暫時變得沉默無語。感覺她們是在目送堀北的哥哥離開現場。

『真期待期末考呢，堀北同學。』

『我們彼此都盡全力吧。』

『是呀。還有也請綾小路同學多多指教喲。』

『……妳為什麼會在這裡提到他的名字呢？』

『因為我也不笨。妳告訴他了吧？關於我的過去。』

『這──』

『啊，妳可以不用回答喲。反正不管怎樣我也不信任妳，這並沒有影響。我不會做出讓賭注無效的舉動，妳就放心吧。因為我之前給綾小路同學看見不太妙的模樣呢。這沒關係喲。』

堀北受到銳利的指謫，動搖與焦慮透過電話傳達了過來。

『即使如此我還是要回答吧。我確實有跟綾小路同學商量過妳的事情呢。』

『是吧。我看了就隱約知道了。而且，妳現在也正在用手機通話吧？誰教我打給妳好幾通電話，妳好像都一直在通話中呢。』

這不是純粹直覺，櫛田是有自己的根據及把握才刺出手中的矛。

『你可以立刻來會合嗎，綾小路同學？』

櫛田的聲音如此從遠方傳來。

看來她在呼喚我。我在此老實回應似乎比較好。

9

我折回學校，來到堀北她們的所在之處，完成了會合。

「哈囉——」

雖然看起來像平時的櫛田，但我無法窺知藏在她表情之下的真心。

「真是敗給妳了，櫛田同學。妳的洞察力與行動力果然很厲害呢。」

「謝謝。別看我這樣，我平常就有在觀察許多人了呢。」

「為什麼要叫出綾小路同學呢？我想話題已經結束了。如果妳對我擅自把事情告訴他有所不滿，就對我說吧。」

「我沒什麼不滿喲。因為我只是覺得姑且要先面對面直接告訴你們。我在想這項賭注是不是可以再多加一項條件。」

「條件？」

「假如我在分數上贏了妳，我也想讓綾小路同學退學。」

櫛田果然提議了。我從出現賭注話題時開始就在想也有這個可能性。

「這是無法答應的商量呢。」

「就我的立場來說，只要是知道我的事情的人，我都想統一讓他們消失呢。就算堀北同學不在，假如綾小路同學留在學校，我煩惱的種子就會留下來。」

「或許如此。但這是我個人的賭注，我無法把綾小路同學捲進來呢。假如要加進他就是條件，那很遺憾，這項賭注就不會成立了。」

堀北好像原本就準備了結論，她在我回答前就退回了要求。

正因如此，她才從未把這賭注的話題說給我聽吧。她避免做出讓我成為共犯的舉止。

「這樣啊，真遺憾。若是那樣我就能一舉兩得，省下功夫了呢。」

「我也是妳希望退學的對象啊。」

雖然這事情我有察覺，不過還是非常遺憾。

「啊哈哈哈，你不必遺憾喲。因為這不是綾小路同學不好，只是知道我本性的這點不好呢。」

「只要不告訴別人就沒問題——這不是那麼單純就能解決的事嗎？」

「要是可以解決，堀北同學妳也不會說要打賭了吧。」

「妳果然是D班需要的人才呢。」

櫛田確實對對方觀察入微。會是堀北認同、想要的人才也理所當然吧。

「妳變了呢，堀北同學。之前妳明明就不是會說這種話的人。」

「要是始終在夥伴之間起糾紛，就會無法爬上上段班。這會是永遠的惡性循環呢。」

她們兩個至今為止有這麼健談地對話過嗎？

她們彼此認真敵對，才初次有能夠互相理解的話題，這也是很悲哀的命運呢。

只要她們沒有讀同所國中的共通點，櫛田一定就會老實地協助堀北吧。那麼一來，對平田與輕井澤的影響無法擴及的同學，她也可以產生影響，或許D班就可以在更早的階段團結一致。

「我也參加那項賭注吧？當然，我賭堀北那方會獲勝。」

「欸，你在說什麼，綾小路同學？這是我和她的勝負，與你無關。」

「確實原本是這樣呢，但結果上我也是有關係的人。」

堀北好像想避免自己的責任變重，但我擅自將此解釋是恰好的機會。就算堀北考試分數獲勝，暫時從櫛田的攻擊對象中排除，下一次也無法斷言櫛田不會攻擊我。

既然如此，現在在此先把一切弄清楚，之後才會比較輕鬆。

「如果你能這麼做，我會很開心呢。」

「但如果要加入賭局，我也有一個條件。」

「嗯？」

「我想請妳說出——令妳變得想把堀北跟我趕出去的那個『國中時期事件』的詳情。」

我踏入了堀北絕對不會涉入的領域。

「這——」

我對櫛田毫不客氣，就算她表現出動搖也無所謂。

我可是被捲入賭局的受害者。可以藉由自然地主張權利保住優勢。

「我原本就有這點權力才對。我明明不知道詳情卻要被妳仇視，而且變得快要遭受退學。妳也可以理解我無法接受吧？妳是以堀北知道事件詳情為前提行動吧？既然這樣，就算現在在此說出來也不會有任何不同。只要能在考試上勝利，堀北和我都會退學，妳也不必擔心會被我們說出去。」

「我對她的過去不感興趣。」

「就算妳不感興趣，我也有興趣。我可不想要校園生活隨便就受人威脅。」

我打斷了堀北不讓我探究的發言。

「綾小路同學的形式確實完全是被捲進來，這點我無法否定。假如堀北同學沒有詳細說明，我應該也可以理解你會覺得這很不講理。但你要是知道的話，就完全無法回頭嘍。」

「我已經來到無法回頭的地方了吧？還是說，如果我說不知道、沒聽說過，妳就願意饒過我？妳能斷言絕對不會把我當敵人嗎？」

櫛田在心中已經把我分類至敵人的範疇。我成了她要處理的對象。

不用等她回答，回覆內容都很明顯。

「不可能呢。」

「既然如此，妳就告訴我值得賭上退學的理由吧。」

堀北大概會覺得我為何要做到這種地步吧，覺得我就算不特地加入賭注，並背負退學風險也沒關係。她在櫛田面前沒有說出口，但視線就是如此訴說。抱歉，我可無法聽妳的請求。因為我得到難得的機會，我要令櫛田桔梗的過去一絲不掛。

「綾小路同學，你有不輸給任何人的擅長之事嗎？」

「我只能跟大家一樣樣樣通、樣樣鬆。硬要說的話，就只有腳程有點快而已吧。」

「那你應該懂吧？你不覺得感受到別人沒有，並且只屬於自己的價值時，那個瞬間就是最棒的嗎？像在考試上考第一或在賽跑上拿第一時，就會受到大家的注目吧。不是會有受到那種好厲害、好帥、好可愛的這種視線的瞬間嗎？」

這我當然知道。人是種會想被誇獎的生物。沒人會討厭受到朋友或父母稱讚、尊重。為了被誇獎而努力是很名正言順的動機。這俗稱「尊重需求」，是社會形成的基本，不可或缺的東西。

「我想我大概比普通人都更強烈依賴那種事。我非常想展現自己、非常想受人矚目、非常想被人誇獎。我在這點實現的瞬間，就會真切感受到自己的價值有多高，感受到活著真棒。但我知道自己的極限。不論我多麼努力，在課業或運動上都無法成為第一名。第二、第三名無法滿足我的慾望，所以我就想——那我就來做任何人都模仿不來的事情吧。我發現只要可以變得比任何人都溫柔、比任何人都更加親切，我就能在這個領域變成第一名。」

原來這就是櫛田溫柔的根源啊。不過，比起自詡表裡如一的好人，我對這種人更有好感。比起到哪兒都想裝作好人的騙子，這種人反而老實。

當然，櫛田執行的事沒有嘴巴上說得那麼簡單。因為就算想變得溫柔，也不可能對任何人都溫柔。

「拜此所賜，我才能當上紅人。男女生都喜歡我。我感受到被依賴、被信任的快感。國小和國中還真是開心呀……」

「持續做自己一點也不想做的事情，對妳來說不是種痛苦嗎？是我的話，我想我的心靈早就支撐不住，並且崩壞了呢。」

她會想這麼問也是情有可原。櫛田不斷做著通常辦不到的事情。

「很痛苦喲。我當然痛苦。我每天都累積著好像快禿頭的那種壓力。我也曾經因為焦躁而拔自己的頭髮或是嘔吐。可是，為了要不斷維持『溫柔的我』，我不能讓任何人看見這副模樣。所以我才會忍耐、忍耐，不斷地忍了下來。但我心靈的極限卻到來了。我不可能不斷累積壓力。」

我可以推測櫛田每天承受巨大壓力，那種心靈上的操勞。

然而，她至今是如何不斷維持過來的？

「支撐我心靈的就是部落格。我只能在那裡吐露藏在心裡不能告訴任何人的壓力。當然，我全都是用匿名寫的喔。不過都是按照事實寫。我把平時的壓力全部傾吐在那裡。這麼做我心裡就會很暢快。多虧部落格，我才能夠維持自我。我對於來自不認識的第三者的鼓勵感到開心。但某天，我寫的部落格卻偶然被同學發現。就算再怎麼隱藏登場人物的名字，因為寫的內容都是事實，所以會被發現也是理所當然呢。我不小心被人發現我對全班說的無數壞話，被討厭也是沒辦法的呢。」

「那就是事件的開端，對吧。」

「隔天，部落格的內容散布到全班同學那裡，於是我就被班上所有人嚴厲指責了。至今明明受我很多幫助，結果所有人的態度都突然驟變。真是自私對吧。說喜歡我的男孩子還來撞我的肩膀。雖然是因為我在部落格寫被他告白很噁心、希望他去死，這也是情有可原的呢。有個被男朋友甩掉、我安慰了的女生踢飛了我的書桌。因為我把那個女生被甩的理由詳細寫下，並且嘲笑她。總之，我感受到自身的危險。因為超過三十人以上的同學全都與我為敵了。」

這原本是場絕對贏不了的仗。我只能看見櫛田從班上被趕出去的身影。

「妳是如何度過那種狀況的呢？是靠暴力，還是謊言？」

這是以前我和堀北談論且沒得出結論的謎團。

「『謊言』和『暴力』我都沒有使用喲。我只是宣揚『真相』，把所有同學的祕密全盤托出喲。像是某人討厭誰，或某人好像一直認為誰很噁心。我說出連部落格上都沒寫的真相呢。」

我們確實不會知道。「真相」這武器是透過累積信任才能得到，是不存在於我或堀北心中的東西。殺傷力感覺很低，但這是能以失去信任來得到的強力雙刃劍。

「然後，大部分針對我而來的攻擊都轉到他們憎恨的對象。男生開始互毆，女生也互扯頭髮、打倒對方，教室裡一團亂。當時還真是誇張呢。」

「這就是妳引起的事件真相……」

「因為班上人際關係的內情全都被我抖了出來，所以班級也變得無法再運作了呢。我當然也有受到學校的責備，但我做的只是在部落格上用匿名寫壞話。而且，我只是和同學說出真相，所以學校對懲處好像也傷腦筋呢。」

她淡然地說著，但每句話都有難以言喻的分量。

「現在不同於國中時，我還沒有詳細知道D班夥伴的事。但我依然握有讓幾個人崩壞的『真相』。這就是現在我唯一的武器。」

這是威脅。意思是如果我們告訴別人，就要做好覺悟會變得如何。

根據需要，她只要利用那些真相，也可以讓開始團結的D班產生裂痕。那麼一來，現在乘勝追擊的氛圍大概也會消失不見。

「把網路當作自己傾訴壓力的出口是失敗的呢。因為會有許多不特定的人看見，資訊又會永遠地作為資料留下，所以我不寫部落格了。我現在是透過言語傾訴壓力，處於勉強可以忍耐的狀態。」

我以前見過的櫛田另一個面貌——這就是指當時她開口罵人的事吧。

「妳不惜做到這種地步，就是想當現在的妳嗎？」

「畢竟這就是我的生存意義。我最喜歡受到大家的尊敬、注目。知道只能對我坦白的祕密時，就會湧上某種超乎想像的感覺。」

知道別人只在自己心裡懷抱的不安或痛苦，羞恥或希望。

這就是對櫛田而言的禁忌果實。

「是很無聊的過去，對吧？但這對我來說就是一切。」

櫛田臉上的笑容消失。說完了過去，眼前的我們就成了確實的敵人。今後她應該會不帶絲毫同情地追求勝利吧。

「別忘嘍，我數學分數贏了的話，堀北同學和綾小路同學都要主動退學。」

「嗯，我會遵守約定。」

櫛田大略說完便好像心滿意足，於是回去了。

「和櫛田打那種賭真的好嗎，堀北？那傢伙和龍園有牽扯。換句話說，根據交涉狀況不同，

她也可以拿到C班的題目跟解答。」

「你才是呢。你如果知道這點，為何還要參加賭注呢？難道不是因為相信我不會輸嗎？」

「算是吧。」

我沒有相信她。我只是有我自己的想法才參加賭注。

「雖然你說她也許會從龍園同學那裡拿到題目，但真會那樣嗎？我想不用擔這個心。」

「什麼意思？」

「只要拿到題目，櫛田同學的勝利確實就不會動搖。不過，這樣我的退學也就確定了。你覺得龍園同學會想讓我退學嗎？」

「……不好說耶。」

那傢伙想陷害堀北，但目的不是退學。硬要說的話，想讓堀北認輸的心情感覺很強烈。這種形式的決勝負，他應該不覺得理想吧。再說，他還不知道在背後的我的真面目，這時他是否會排除握有關鍵的人物堀北呢？

「但要是她說謊得到的話呢？她或許會說是為了提昇個人成績所以想要，而隱瞞打賭的內容喔。」

「龍園同學不可能無法識破。如果櫛田同學想要數學的題目與解答，照理講，他會追究理由才對。不是嗎？」

「嗯，確實啦。」

但即使如此也沒有絕對的保證。她說不定會順利騙過龍園。

雖然我希望她思考到那裡，但對堀北要求到那種程度就太嚴苛了。

「這是沒有絕對保證的危險賭注喔。」

「不管是哪種考試都經常是這樣吧。但只有自己犧牲的話就會比較輕鬆呢。」

對堀北而言，我加入其中應該是她始料未及的吧。

然而，看來這就是堀北想到的，與櫛田之間的戰鬥方式。

藉由前學生會長當證人，以達成自己退學的約定，並且約好不會將櫛田的過去告訴別人，來令其帶來可信度。

「這可是沒退路了喔。既然要賭，就絕對要贏。」

「這是當然的呢。」

於是，堀北賭上自己退學的戰鬥便開始了。

高度育成高級中學學生基本資料　　時間7/1

姓名	三宅明人 Miyake Akito
班級	一年D班
學號	S01T004700
社團	弓道社
生日	7月13日

評價

學力	D
智力	D
判斷力	C
體育能力	B
團隊合作能力	D-

面試官的評語

從國中時期就隸屬弓道社，擁有出賽過縣大賽的經驗。雖然學力上可以看見偏重於特定科目，但基本上很乖巧，態度也不錯。不過，他過去曾經引起好幾次打架騷動，也曾受過輔導。讓他好好學習教養是當務之急。

導師紀錄

來自弓道社的評價很高，感受得到他對社團活動的熱情。我很期待他今後也會關心班級。

組成綾小路組

時光飛逝，我和幸村他們一起開讀書會，現在也已來到第五次。

我們第二到第四次都在學校附設的帕雷特舉行，但今天決定要在櫸樹購物中心裡的某家咖啡廳集合。也因為今天起所有活動都針對期末考中止的影響，預計學校附設的帕雷特將會人山人海。

「果然啊，這裡比我想像的還吵鬧。」

幸村一到咖啡聽，就被學生的數量之多給震攝。我們設法保住座位，但咖啡廳幾乎是客滿的狀態，於是便開始了混雜著所有年級的讀書會。雖然也有很多學生安靜地認真念書，但人數如果聚集起來，似乎還是無法像安靜的圖書館。

「若是在圖書館或我房間就好了呢。」

「沒那回事啦。在這裡比較容易進行、比較容易進行。對吧，小三。」

「是啊，安靜的緊張氣氛，我光在弓道社時就嚐夠了。」

與幸村的想像相反，他們兩個在這裡好像比較可以靜下來。

悶在房間、面向書桌的時代已經結束。

與夥伴邊說話邊讀書，大概就是現代的讀書方法吧。是退化般的進化。

「要讀書的是你們，既然你們說可以集中，我就相信你們。我準備了今天的課題。」

兩人淡然地做起準備，交給他們的筆記上密密麻麻羅列著確實針對弱點的文科題目。那就像是煙火大會日的露天攤販。幸村似乎相當充滿鬥志。這題目值得一解呢。

「唔哇，今天也是密密麻麻的文科題目……小幸真是不留情呢——」

如果不喜歡念書，又是自己不擅長的科目，我也能理解長谷部會苦惱。三宅好像覺得想吐，他邊看著筆記本，邊按著心窩附近。

「怎麼能開始前就害怕。」

「說得是沒錯啦——……但這明顯比上次多，似乎也很困難。」

「在做之前就片面斷定，就是考不到分數的學生易有的思考模式。先想著自己辦得到，並且挑戰題目，可是基本中的基本。」

認真投入教人的幸村說道。

「不然，這題目有比上次簡單嗎？」

「當然比較難。」

「……果然很難嘛。」

那是當然的吧。不可能始終停留在簡單的範圍。

幸村的出題和解說都很精采。或許這種表達方式不太好，但他應該具有足以裝作老師的實力吧。

一面責備學生同時不放棄他們，但在對方無法理解時也不會大小聲。託堀北成長的福，幸村好像也成長了啊。想不到他居然會像這樣改變。

第一學期時他和堀北一起怒吼自己很優秀、待在D班是錯的——這些就像是很久以前的事。

「來寫吧，長谷部。」

三宅好像領悟到一直抱怨也沒意義，於是便下定了決心。

「真是幹勁十足耶，小三。你怎麼啦，熱血系？」

「社團活動難得休息，我不想因為讀書好幾小時失去時間。結束就可以回去了吧？」

「當然。」

幸村與堀北他們的教學方式也有所不同。與堀北在定下的時間內好好讀書不同，幸村沒有固定時間。讀書會會持續到準備好的課題做完為止。所以可以比預計的更早結束，反之時間也有可能往後拖延。

哪種比較好因人而異，但正因為長谷部和三宅都可以念到一定程度，他才會採用這種方法吧。

如果是池他們那種基礎沒打好的學生，這種方式就會很辛苦。

他們也可能為了趕緊結束，沒好好思考就亂寫答案。

不過，要是變成那樣，到時只要順其自然把他們教到懂為止就好。

「沒時間的話，明明別參加社團活動就好了。」

「我想參加社團活動，但也想要自由時間。」

「真是任性～」

無論如何，他們兩個都恢復動力的話，就無話可說。萬一某一方或是兩人都脫隊，真不曉得之後我會被堀北如何刁難。

幸村在這幾次的讀書會上穩穩培養的信任，看來給了他們兩人很好的影響。我感受不到現在他們對幸村的做法抱持懷疑。

「還有，綾小路。今天起也要請你寫題目。」

「……嗯？」

「你應該考得到一定程度的分數吧，但你的搭檔對象是佐藤。必須先確實地預習、複習才行。要是你們兩個都退學就無可挽回了呢。」

「不，我——」

「你就寫嘛，綾小路同學。然後一起死吧？」

長谷部像幽靈一樣低著頭、垂著瀏海，用彷彿要把我拖到井底似的手捉住我。

「歡迎光臨～～」

我就像被毛骨悚然的冰冷聲音拖去般，也被文科題目的黑暗給吞噬。

1

「對了，C班不是有個吉本同學嗎？小三知道吧？」

「妳是指吉本功節嗎？弓道社的。」

「對對對，就是那個吉本同學。聽說他開始和二年級學姊交往了，你知道嗎？」

疲於讀書的長谷部開始閒聊。

「不知道耶，但我才在想他最近都莫名地早回去。原來是這樣啊。」

在高中生裡，要和大一歲的人交往，門檻是相當高的。如果變成三十左右的大人，差一兩歲之類的似乎就會無所謂。雖然這是還十幾歲的我無法想像的話題，但一定就是這樣吧。

「吉本同學好像氣勢滿滿地說將來要結婚呢。男人真是單純的笨蛋——」

長谷部和三宅逐漸離題。

「誰要跟誰交往都無所謂，要談論未來也是你們的自由，但起碼也要動手作答吧。」

「知道啦，只是稍微喘口氣聊天嘛。」

長谷部已經習慣了，她對幸村的指謫毫不動搖。

「真是這樣嗎？」

「哇，感覺好像在挖苦人。我去續杯好了。」

「又是滿滿的砂糖嗎？虧妳喝得下那種超甜飲料呢。」

「就我看來，喝黑咖啡才難以理解呢。哇！」

長谷部拿著空塑膠杯試圖站起，卻被擺在腳旁的背包稍微絆倒，她拿在手上的杯子因而掉到地上。

我的目光不自覺地追著那個滾動的杯子。

接著，那個杯子便滾到正在行走的學生腳邊。

「啊，抱——」

長谷部打算道歉。但那個杯子隨後就被踩扁，因此道歉的後續便被她吞入了喉嚨深處。

「你們好像很開心呢，也讓我們加入嘛。」

「你們幹嘛啊……」

長谷部一口氣加強戒心，帶著銳利目光怒瞪對方。

這也理所當然吧。因為踩扁杯子的人是龍園。他的身後還有石崎、小宮、近藤，這經常看見的C班三人組的身影。

龍園一副覺得有什麼事很有趣似的，賊賊地露出笑容。

然後，有一名平時不會看見的女學生也站在石崎他們隔壁。

她帶著一張不適合這個場面，毫無緊張感的表情。

「欸，你為什麼要踩我的杯子？這不是意外吧？」

「它滾來我腳邊，我以為妳丟掉了呢。我是為了替妳省下功夫才踩的。」

他這麼笑著，就把踩扁的杯子踢開，還給了長谷部。

剩下一點點的內容物灑到了地上，杯子破了個洞。默默看著情況的三宅慢慢站起。

「喂，龍園。我早就想講了，你那種態度也該適可而止了吧。」

「啊？你是在對誰說話啊？」

石崎彷彿在說不需龍園出馬似的上前揪住三宅的衣襟。

「我不是在說你。拍馬屁的跟班就滾吧，石崎。」

三宅不為所動，並拍掉石崎的手。

「你這傢伙！」

石崎喊道，接著也受到嘈雜的四周注目。

對此敏感反應的不是別人，就是龍園。

「別這樣，你打算在這種地方引起暴力事件嗎，石崎？」

「對、對不起。因為三宅很得意忘形，我不知不覺就……」

「雖然我不討厭感情上衝動的笨蛋，不過現在你就安分點吧。」

「是……」

龍園是對的。這裡不只有一年級，還有高年級生到店家店員，以及好幾台監視器。是沒有死角的公共場所。

如果在這裡引發事件，要被究責的顯然是C班。依據證言與紀錄，可以料想他們也會受到某些懲罰。

「我沒事找你。我是對那邊的兩個人有興趣。」

龍園這麼說，就把視線投到我和幸村身上。

「收到我的禮物了嗎？」

「他到底在說什麼……」

幸村當然無法理解是怎麼回事。他看了另一名被指名的我。所謂禮物無疑就是指上次他寄來寫著「你是誰？」的郵件吧。

「誰知道……」

我配合似的佯裝不知。龍園還真是使出了強硬方式呢。即使他來盤問，我也不可能做出自掘墳墓的行為。就算想加深我的嫌疑，他也得不出結論。因為他不管怎麼做，都只會是灰色地帶而已。

「如何，有什麼讓人在意的地方嗎，日和？」

龍園將視線從我們身上移開一會兒，向同行的唯一女生徵詢意見。

「難說呢。現階段什麼都說不準。」

有很多學生替龍園做事卻畏懼他，不過叫做日和的女學生在這情況中很冷靜。她那對好像很渙散的眼神，正交互看著我和幸村。

龍園是打算做什麼，才把這名學生帶來的呢？

「兩人的長相都令人印象不深刻，我似乎馬上就會忘掉。」

「呵呵呵，別這麼說。因為他們或許是今後會長期來往的對象呢。」

「幸村同學……綾小路同學……高圓寺同學，還有哪一位呢？」

「是平田喔，平田。」

「對耶，是平田同學。為什麼長相和名字會這麼難記呢？」

好像就只有那裡籠罩著散漫的氣氛，我對石崎用敬語對她說話的這點很掛心。我之前有見過她，她是C班的學生。

「妳真的只記得高圓寺呢。」

「那個人非常特殊，因此很容易記下來呢。」

看來被龍園標註的，好像是平田和高圓寺。只論高圓寺的話，他的行動確實讓人難以理解，再加上因為能力很強，所以會被留意也是情有可原。

話雖如此，如果知道高圓寺不是在演戲，而是真正的天生怪人，總覺得他在近日就會被排除在龍園的目標之外。

「你到底是怎樣啊，龍園？我們可是很忙的，有事就快點解決。」

三宅替我們講出心情，強硬地回話。

「沒什麼。今天就只是打聲招呼。我要先告訴你們，近期內我還會再來見你們。」

「這什麼意思？」

龍園無視進一步咬上的三宅，便帶著跟班出了咖啡廳。

頓時籠罩寂靜的店裡馬上就恢復了活力，並回到讀書的氣氛。

然而——

只有叫做日和的學生仍留在現場，一直望著我們這邊。

我們根本無法在這種狀況下專心讀書，長谷部有點焦躁地說道：

「妳是怎樣？要是妳在這裡賴著不走，可是會很礙事。」

「請稍等喲。」

「啥?這什麼意思啊。我是在說妳很礙事，給我去別的地方，懂嗎?」

長谷部杯子被踩扁，從剛才心情就很差。

面對粗暴吐嘈的長谷部，日和帶著一張有點傻氣的笑容答完，就這樣把自己的行李放在腳邊，轉身走向店家的收銀台。

「那是怎樣?」

「誰知道呢，我完全不知道這是怎麼回事，而且根本就不想知道。」

幸村一副在說無法理解日和的行動，而暫時陷入了沉思，但他好像沒有得到結論，所以就決定無視這件事。

「我記得她是C班的椎名日和呢。我見過她。」

好像只有三宅有印象，說出她的名字。

那個椎名好像和店員點了餐，她拿著兩個杯子回來。

「如果不嫌棄的話，請收下。」

「這是什麼意思?妳為什麼要給我?」

「妳可以不必警戒我。我也看見剛才的行為，錯在龍園同學一目了然。身為C班的一分子，我想請妳讓我道歉。雖然很自作主張，但我已經加了砂糖。」

「妳說加了……嗯……咦，真好喝。這和我剛才喝的完全一樣。」

「剛才壓壞的杯子裡，咖啡底部沉澱了大量的砂糖，因此我想妳應該是嗜甜的人。我好像沒弄錯，真是太好了。」

「可是啊，總覺得加入的砂糖量也相同耶……這是巧合嗎？」

「我是從沒融化的砂糖量反過來計算的。」

「咦咦！這種事辦得到嗎！」

「其實意外能夠辦到喲。別看我這樣，我的洞察力很優秀呢。」

她這麼說完，便分別望向我、幸村，以及三宅。

「這是——你們正在一起開讀書會，對吧。」

「總覺得這個人好懶洋洋……」

長谷部到剛才都很生氣，但她對日和這難以判斷的步調很不知所措。

從教書的幸村看來，他不想給日和多餘的資訊，而急忙闔上所有人份的筆記。

「難不成，我被你們想成是間諜了嗎？」

「就是被這麼想沒有錯。」

「我不會做那種事。畢竟平時我也會和龍園同學保持距離。」

「但龍園同學不是很親密地叫了妳的名字嗎？」

「是我硬請他讓我同行的。因為我對D班很有興趣。」

他們三個無法理解日和發言的意圖，而歪了頭。

當然，我也模仿了他們，裝作無法理解。

「你們不知道嗎？現在在C班是熱門話題呢。D班裡藏著一名隱藏真面目的策士。那名策士好像在無人島考試、船上考試，以及體育祭上，對D班的躍進有巨大的貢獻呢。你們真的不知道嗎？」

日和道出至今大部分D班學生都沒發現的事實。長谷部等人的頭上當然都冒出覺得不可思議的問號。

「我不太知道耶。那不是指堀北嗎？」

「是啊，我也只想得到堀北同學。」

「好像不是堀北鈴音同學。」

日和一刀斬斷他們想到最後所得出的結論。

「綾小路同學，聽說你常和堀北同學待在一起。」

「最近也不是這樣，但比起其他人，或許我和她待在一起的時間很長呢。」

「畢竟你們坐隔壁嘛。」

「不過，應該也沒有比那傢伙聰明的人存在才對。」

「是啊，D班的作戰印象中基本上都是堀北在想的。」

長谷部和三宅在很棒的時機表示同意，增加了我發言的可信度。

我沒必要特別肯定或否定待在一起的這件事。

徹底如實傳達D班學生看見的樣子才是最重要的。

「原來如此。各位同班同學都給予那樣的評價呀。」

「能別說這種莫名其妙的話來妨礙我們嗎？」

面對逐漸被日和特有的氣質影響的我們，幸村如此強烈地說道。

他好像無法忍受讀書時間繼續被削減。

「……對不起。因為我的錯，你們念書被打擾了對吧。」

「不好意思，就是這樣。」

「應該不必說到那種程度吧，小幸——」

「如果考不及格被退學，妳也沒怨言的話，那妳就盡情地聊天吧。我可是要回去了。」

「唔，這還請你稍微高抬貴手。請教我讀書。」

長谷部低頭。

「就是這樣。如果想聊奇怪的話題，就請在考試之後吧。」

幸村半強硬地結束日和的話題，日和也感到抱歉地從椅子上站起。

「真的很抱歉。原來你們考試要是不這麼拚命念書，就會很危險呀。」

這是對可能會考不及格的學生們的挖苦嗎？

總覺得她有股天然呆的氣質，但不清楚她能否信任。

「我知道了。期末考結束時再說吧，在那之後也不遲。」

日和好像決定乖乖回去，拿起杯子。

「咖啡謝謝了，受妳招待了。」

「不會不會，別放在心上。那麼，再見。」

經過這般接觸，與龍園一同現身的日和也離開了。

我沒有把握這是不是為了找出我的作戰，但戒備總是有備無患。

就暫且先讓我調查那傢伙吧。

2

我們同宿舍，必然會踏上同一條歸途。

幸村邊操縱手機，邊記錄今天讀書會的進行狀況。

「好像很久沒有對讀書這麼專注了。上課六小時，外加放學後的兩小時，對吧？就算是世上的學生們也不會這樣吧？」

「雖然C班學生中途插入浪費了時間。」

「我們今天也沒輸給那種妨礙，努力讀了書呢。」

兩人心滿意足地邊聊邊走路。幸村聽見這些話，就抬起一張生氣的臉。

「你們是在開玩笑吧。如果開始考大學的話，放學後最少也要讀三小時以上。可以的話，通常會想讀四小時，而且當然是每天。考試前夕的話，一天則要主動讀書十小時以上。」

「咦咦，不行不行。我沒辦法像那樣讀書。是說，小幸你還真懂耶。」

「我姊是老師。她考前總會理所當然地做這點事。」

「是菁英家族呢。小幸，你將來也是以老師為目標嗎？」

「只是當老師而已，也不是什麼菁英。再說，我沒有以當老師為目標。如果要以當老師為目標，我還會來到這種制度與社會脫節的學校嗎？」

通往教師的道路一般來想並不簡單。不過，與律師或公認會計師相比的話，它的難度可以降低好幾階，而且特地選擇這間學校應該也沒什麼好處吧。

外加幸村不覺得讀書痛苦，也有一般人以上的學力，所以又更是如此了。

「那你為什麼要讀這裡？」

「……這怎樣都無所謂吧。妳想逐一詢問別人決定入學這裡的理由嗎？妳應該知道若變成被人家追根究柢的立場，心情會如何吧。」

長谷部被這麼吐嘈，但很遺憾地好像起了反效果。長谷部沒表現出特別不願意的態度，豈止如此，她還主動率先做了回答。

「我的話，老實說，算是被學校的廣告詞誘惑的那類人吧？若是畢業後升學和就業都可以隨心所欲的話，該說就只能選擇入學了嗎？大部分人的動機都是那樣吧？」

「我再附上一點吧。學校不花錢的這件事也足以成為入學理由。再說，宿舍生活通常都會收費，這間學校卻連這點都不要求。學校制定成就算沒點數也能過校園生活，對吧？比起升學保障，這點還比較令人感激。」

「這也說得太過頭了吧。不論哪裡都可以入學、就業的這點相當厲害呢。」

「要談論夢想是你們的自由，但在這之前就先度過期末考吧。因為長谷部期待的制度，如果不以A班畢業也沒有任何意義。」

「就沒有什麼加碼附贈嗎？像是其實只有A班是學校的謊言，只要好好畢業，哪裡都能讓我們去。」

「這不可能吧。如果是這樣的話，消息一定會傳遍在校生吧。但我就算在社團活動中也完全不曾聽到這種事。何止這樣，二、三年級的D班好像還相當悲慘。」

我沒隸屬社團活動，幾乎不曉得這部分的事情，但我以前曾接觸過在籍D班的三年級學生，對方身上確實沒有進取心。

「雖說是國家直接管理的學校，但看見學校不會給A班以外特別權限，升學或就業時何止是正面影響，也可以想像會造成負面影響——如果身為無法升上A班的學生的話。所以我絕對必須在A班畢業。」

「咦——這樣不就太糟糕了嗎？」

如果是名門、知名學校的話，只要有「畢業」、「個人成績」這兩樣，基本上就會受到很高的評價。然而，就像幸村所說的那樣，高度育成高級中學就算畢業，也可能會被押上沒升上A班的學生的烙印。證實這點的，就是池他們那些在學力上沒有一定評價的學生們的存在。總之，這裡的入學條件上和「偏差值」沒什麼關係。

大學或企業看見這層面時，不可能不覺得懷疑。

「小三，真虧你會繼續參加讀書會呢。我還以為你一定馬上就會放棄。」

「妳才稀奇吧。說起來，妳平時都不想和男生有瓜葛吧？」

「算是吧——但我想如果是這三個人的話應該沒關係。」

長谷部似乎有她自己的想法。

我心想應該正是時候，於是就決定拋出一個疑問。

「長谷部，我有些話想說，可以嗎？」

「嗯？」

「妳和佐藤很要好嗎？」

「佐藤同學？應該並不算要好吧。說起來我也不喜歡成群結隊。如果是佐藤同學的話，去問輕井澤同學會比較好吧？」

如果辦得到的話，那任何人都不用辛苦了。

對於彼此有一定複雜關係的對象，這是個很難以開口的問題。

「這又怎麼了嗎？」

「呃——」

我不知道該怎麼說，至少我不能如實說出口。幸村好像發現我正在傷腦筋，就如此說道：

「我知道因為對方是搭檔，所以會很在意的心情。要是不曉得對方擅長和不擅長的部分，會很令人不安呢。」

「啊，對耶。剛才你好像有說過是搭檔。」

「就算我想直接問，我們也太沒交集了，我實在辦不到。」

「請節哀順變。」長谷部對我雙手合十。

然而，她好像想到什麼，而做出了新的提議。

「如果不好問輕井澤同學，要不要問問小梗？她和佐藤同學也很要好，對小梗的話你也問得出口吧？」

「嗯？小梗？」

對於沒聽過的綽號，我不知道是指誰，因而這麼反問。

「我是指小桔梗。綾小路同學，你也很常和她說話吧？」

因為是桔梗，所以叫小梗啊。雖然我本來不知道，但知道的話就可以理解了。櫛田確實很勝任吧。她很了解班級的內情，如果沒有與堀北之間的那件事，我可能就會毫不猶豫地拜託她了。然而，現在的狀況，我不知道她是不是值得依賴的對象。

我沒同意去問櫛田就好的建議，三宅便出面解圍。

「先不說那個輕井澤，去問櫛田應該可以吧？櫛田好像和男女生都很要好。長谷部，妳也是吧？」

「是啊。我討厭很多女生，但很喜歡小梗。她為了班級毫不在乎地承擔辛苦，卻總是很開朗。平時我不會和別人商量，但只有小梗是特別的。因為她會願意設身處地傾聽，也絕對不會四處張揚。」

「妳也有那種要商量的煩惱啊。」

「唔哇，真沒禮貌，小三。妙齡少女可是有各種煩惱的。」

「所謂各種煩惱是什麼？」

「那就是呀——是說，我怎麼可能說嘛。你絕對會到處講吧。」

「我才不會……但我也無法斷言呢。要視內容而定。」

不可能向這種人商量煩惱也理所當然吧。

「如果有在意的事，和櫛田商量確實是最好的吧。我也贊成。」

「是吧？雖然我不知道你是不是喜歡佐藤同學，但她絕不會洩漏出去喲。」

「什麼啊，你喜歡佐藤嗎，綾小路？」

「我沒說過半句那種話。我只有問長谷部和佐藤要不要好。」

「這不是很可疑嗎？你至今也並沒有和佐藤同學很要好吧？」

「綾小路說過會在意佐藤是因為搭檔的關係吧？妳已經忘了嗎？」

即使面對三宅這番話，長谷部也不作罷。

「是沒錯啦——但總覺得那種問法好像不只是這樣呢。」

女生有時就是會裝上令人無法理解的雷達。只有這點我實在是敵不過。

「啊，對了。可以順道去一下超商嗎？」

這話題因為三宅唐突的提議而自然地終止。真是得救了。

然而，對D班而言，櫛田的存在已經昇華至不可或缺的程度。

不論回想何時的哪個場面，櫛田都確實一定會跟一切有關連。即使如此，她也絕不會做出強烈的主張，她一直都是去負責輔助某人，並且進行捨身般的活動。這種草根運動確實變成成果之時，應該就是現在了吧。

在場性格有點好惡分明的成員，都沒有半個人說她壞話。

通常本人不在之處，一般都會先說出平時不能說的壞事，只聽得見好話還真是厲害啊。

「啊，我也要。你們兩個也一起去吧。」

「真像小孩耶。」

幸村這麼說，但看起來也不是不願意。

3

我們四個人站在超商外享用買來的冰淇淋。

「在稍有涼意時吃冰也很美味呢。」

長谷部用薄薄的木湯匙把杯裝香草冰淇淋挖入嘴裡，同時這麼說。

另一方面，幸村平時好像不太吃冰，而看著冰淇淋的原料。

「真是羅列著防腐劑跟著色劑呢。」

「唔哇，要是一一在意這種事，就什麼都不能吃嘍。」

「我會想講究食物呢。在無人島生活搞壞身體狀況之後，我就開始變得會這麼想了。現在我都吃櫸樹購物中心裡的有機食品中心。」

「真是正經的傢伙耶。」

看來幸村似乎變成健康取向的人了。

「說起來超商的單價很高，只要稍微去趟購物中心，就算是同樣的商品也會有幾十圓的差異。要不要做做看有效率一點的購物方式？」

他看著長谷部除了冰淇淋之外也大量採購了日用品的購物袋，而如此指謫。

「難不成，小幸你是原價狂熱者？」

「還有我一直很在意，小幸……是什麼意思啊？」

「你是幸村同學，所以叫小幸。我要交朋友時，都是從叫綽號開始的呢。小三、小幸，還有小綾。嗯——總覺得叫小綾好像不太對勁。」

不知不覺間，我也被取了綽號。而且是評價令人難以言喻的小綾。

「別叫我什麼小幸，很令人難為情。」

「不喜歡嗎？」

「……我沒這麼說，我是說會很令人難為情。」

「這點事有什麼關係嘛。」

「而且在大家面前，叫我小、小幸有點……」

幸村這麼說並且制止她，長谷部卻一臉正經地回答幸村。

「我是覺得這樣也許不錯才說出來的，而且這種關係也不錯。」

「用綽號相稱的關係嗎？」

「哎呀，我和小三都是很獨來獨往的那種人吧？」

「嗯……是啊，我不否定。」

「該說是一旦試著組團，結果沒想到卻很自在嗎？而且小幸和小綾基本上朋友都很少呢。第二學期也過半了，我想透過這個讀書會組成新的一團。所以，我的意思也不是要重返那段時光，但為了盡快打成一片，我想以綽號或名字來叫你們。你們兩個覺得怎麼樣？」

她這麼提議。幸村和我都無法回答，三宅接著說下去：

「是啊。該說是不錯嗎？我自己都覺得驚訝，我覺得很融入這一團。我和須藤他們合不來。平田感覺又有點像是屬於不同範疇的人，他基本上都是被女生簇擁。」

「是吧是吧？你們兩個覺得如何？」

長谷部和三宅都對這四個人組成一團的這件事抱持肯定想法。幸村會回絕嗎？

「我原本只是為了看你們讀書才和你們待在一起。這件事結束的話，這團也就結束了。但……考試不會這次就是最後。第三學期當然就不用說，考試將持續到畢業為止。既然這樣——就算是為了效率化，要我同意也是沒關係。」

「這什麼嘛，真難懂。不過——謝謝你。」

「哼……哼，這是為了不讓退學學生出現，繼續降低班級評價。」

「接著就只剩小綾了呢。啊，但因為你和堀北同學一團，所以會很困難嗎？而且你也常和池同學或山內同學他們一起玩呢。」

「我不會對同學分優劣，但起碼他們和我類型有點不同，很多方面都合不來。該說在場的成員，我就算不勉強自己也可以嗎？老實說我感覺很輕鬆。我和堀北只是坐隔壁這點影響比較大，我們並不特別是一團。」

關於這點是我的真心話。

「這樣啊。那就這麼決定嘍。今後我們就是綾小路組，請多指教。」

「等等，為什麼我是中心啊？」

「畢竟讓我們聯繫在一起的是你，這樣也好吧？」

三宅也贊同長谷部的意見。那幸村如何呢？

「我沒異議。要是被你們擅自對別人報上自己是幸村組，我也很困擾呢。」

輕易地就被他給認可了。

「還有，在這團體開始活動之際，有件事情。今後我們就禁止用死板的名字吧。」

「要禁止是隨妳，但我沒辦法叫出小、小三……小、小綾之類的。這讓人很害羞。在這之前，倒不如說會很像笨蛋吧。」

幸村和我叫他「小三」的話，確實很有突兀感。

他能代我否決，真是幫了非常大的忙。

「那麼，至少要叫名字呢。順帶一提，我叫波瑠加，你們想怎麼叫就怎麼叫喲。小三的名字叫什麼來著？」

「明人。」

這樣就能叫了吧？長谷部露出得意的表情。

「明人啊。嗯，這樣還算可以。綾小路叫清隆，對吧。」

我們也在同一間房間住過，因此幸村好像記住了我的名字。

「我記得幸村你的名字是輝彥吧。」

我回想起船上考試時的事。接著，幸村的表情不知為何忽然變得陰鬱。

「……你記得啊。」

與其說感動，幸村反而露出傷腦筋的表情。

「咦——小幸叫輝彥呀。我來想個別的綽號好了。」

「別這樣。」

幸村用強烈語氣制止，長谷部顯得有點畏縮。

「有什麼不好的嗎？」

我詢問態度明顯轉變的幸村，他便回以意想不到的話。

「我答應會用名字叫你們，但能請你們別叫我輝彥嗎？」

他這麼提議。

「也就是說，你可以叫別人，但你不喜歡被別人叫嗎？」

「我並不是不喜歡你們什麼。只不過，我很討厭自己的那個名字。因為至今都沒有人叫過我名字，所以我都不太在意，可是情況不一樣了。」

「這又不是時下的那種奇特名字，應該很普通吧？」

三宅會覺得不可思議也是理所當然。

輝彥這名字確實屬於標準、普通範疇吧。

我不覺得這是那種會特地討厭的名字。

「也就是有什麼特殊理由嗎？」

「……嗯。輝彥這名字是我母親取的。她是在我小時候就丟下我和姊姊、父親離去的卑鄙之人，所以我一直都沒辦法接受。」

長谷部和三宅得知比想像中還更沉重的理由，表情就僵住了。

幸村察覺這點，好像就立刻決定要結束話題。

「抱歉，我說了多餘的話呢。」

「不會，我才抱歉。我好像擅自就說了綽號或名字。」

「這不是需要道歉的事。妳不知道情況，這也理所當然。一般來想，也沒什麼人會不喜歡自己的名字吧。就我的立場來說，可以的話也不想破壞場面氣氛。所以如果方便的話，今後我希望你們叫我啟誠。這也是我從小就在使用的名字。」

「啟誠？意思是小幸有兩個名字嗎？總覺得好像非常複雜耶。」

「啟誠這名字不是隨便想的，而是父親想替我取的名字。從母親離家的那天起，我自己就變得會這麼自報姓名。假如你們不能接受的話，那我希望你們就像至今為止那樣叫我幸村。」

既然幸村這麼決定，我們也無法繼續追究。

再說，其實意外地有不少人擁有兩個名字。

不只是藝人，一般人之中也相當多。

「使用討厭的叫法也不是我的本意，這也沒什麼關係吧？」

「是啊，那就再次請你多多指教嘍，啟誠。」

就像長谷部說的那樣，我們決定用他不介意且希望的名字稱呼他。

「抱歉啊，說了任性的話……清隆、明人，還有波瑠加。」

大家再次被幸村以名字稱呼。

「沒關係啦、沒關係啦。人多少都會有苦衷嘛。」

沒錯。就像我也有不想揭露、不想給人知道的過去，幸村……不，啟誠也只是有他背負的過去而已。

我也效法啟誠出聲試著叫了名字。

「明人、啟誠……還有波瑠加，對吧。我也記住了。」

直呼女生名字會比叫男生的還更加緊張呢。

「話說回來，清隆啊——」

波瑠加好像又掛心起我的名字。

「應該不要叫小綾，而要叫小清嗎？嗯，這種也比較適合，那就確定嘍。小幸也要一起這麼叫他嗎？」

唔哇，總覺得被取了比小綾還更加令人害羞的綽號。

想到今後會在眾人面前被這麼稱呼，總覺得身體好像都快起雞皮疙瘩了。

「我不叫。當然要叫清隆啊，那很讓人不好意思耶。」

先不論不好意思的程度，最後我們很恰當地決定了彼此要互稱的名字。

我原本就找不到主動叫對方的時機，但若是這趨勢感覺就行得通。

我回過頭。正因為現在是這種發展很好的時刻，我便面向了身後的一股氣息。

妳只這樣默默聽著就好了嗎，佐倉？

每次我們集合開讀書會，佐倉就會在後頭跟著。

今天的咖啡廳也是。而且，她現在也在稍遠處窺伺我們的情況。

她也並不是都聽得見我們所有聲音吧，但應該勉強傳得過去才對。

團體快組成的這個瞬間就是最後機會了吧。

假如她無法在此插入——

「那麼，大家也掌握清楚名字了，那就再來一次。我們四個人是一團，所以——」

「那、那、那個！」

砰。旁邊的垃圾桶發出聲響。一名學生同時站了起來。

事到如今當然不用說，那個人就是佐倉。她態度緊張僵硬地走出，並以機器人般的動作走到我們身旁。

「佐倉？」

他們三個人幾乎同時叫出她的名字。

「也、也、也讓我加入綾小路同學的小組吧！」

長時間無法露面並苦惱著的佐倉，擠出她不斷累積的勇氣，接著說出了這句話。

她因為緊張而明顯滿臉通紅。不知道是因為視線沒有聚焦，還是慌張的關係，她沒發現自己眼鏡歪掉的位置很滑稽。

「妳想加入小組是因為有考不及格的疑慮嗎？考慮到佐倉的分數與搭檔，確實也不是不能理解會陷入不安的心情呢。」

啟誠故作冷靜地分析佐倉的到來，接著得出結論。

「就我的立場來說，我想妳應該參加堀北他們的小組。我的才能沒有大到可以教很多人。再說，妳和這兩個人不同，要教的部分應該也會有所不同呢。」

佐倉鼓起勇氣說出的話，很遺憾地被啟誠冷靜地應對所駁回。

「不、不是的……我純粹是也想加入綾小路同學的團體！」

旅行時不會在乎丟臉，出發的列車不會停下來。佐倉的覺悟不會因為一點事情就畏懼。她再次表達了想法。

「就算加入佐倉也沒關係吧？畢竟似乎會合得來。」

明人這麼說，歡迎意想不到的訪客。

「這樣好嗎？這麼輕易就讓人加入。」

「就算增加一個人也沒什麼不同吧?再說，要加入這團應該不用什麼資格才對。我們都是離群者，我認為很剛好。不對嗎?」

「都是離群者啊。或許如此呢。」

佐倉在D班中也常獨自一人，是眾所皆知的事實。

「啟誠，你也沒問題嗎?」

「我沒理由反對，但別再增加人數了。因為對方是佐倉才容易接受，要是吵鬧的傢伙要加入，我可就要退出了。」

「謝、謝謝你們，三宅同學……幸村同學……」

儘管附了一些條件，但啟誠也答應了。剩下的是波瑠加。

波瑠加給人印象是感覺最容易接納他人的，可是她的表情卻不帶笑容。

「抱歉啊，佐倉同學。這樣下去我可無法認可呢。」

「啊哇……我、我……不行……嗎……」

波瑠加像在對難得的歡迎氣氛潑冷水地露出嚴厲表情，逼近佐倉。

「我呀，該說是對這團相當期待嗎?我久違地感受到似乎能夠友好相處的預感。所以——」

她把食指高高地指向天空後，便將那隻手指舉在佐倉眼前。

「既然志願參加這一團，就要有義務用名字或綽號叫人的打算。也就是說佐倉同學要改

成……呃——……她的名字叫什麼來著？」

「愛里。」

我迅速地補充。

「大家會叫妳愛里，而且也會請妳叫其他成員的名字。沒問題嗎？」

大家都隱約理解佐倉不擅長人際關係，正因如此才會有這項忠告。

「妳經得住這種狀況嗎？」她確認了這點。

「呃、呃……」

我決定盡量幫不知所措的佐倉圓場。要是在這裡貿然被波瑠加強求用綽號叫人，難度就會往上提昇。

「啟誠、明人，還有波瑠加。」

我試著依序說明幸村、三宅，與長谷部的名字。

「……啟、啟誠同學、明人同學，還有波瑠加同學……哈嗚！」

她拚命擠出感覺很沙啞的聲音叫了名字。

「應該沒必要捨掉稱謂吧？」

「是啊，只要是名字就及格了吧。來，還剩下小清呢。」

佐倉迅速轉頭看向我，臉紅得很明顯。在人生中突然就要叫三個人的名字，我懂她的心情。

剩下的就只有以這個訣竅叫我。

「哈、哈咻！」

佐倉嘴裡發出謎樣的擬音。

「妳好像以前就和小清滿親近的，這應該綽綽有餘吧？」

波瑠加追擊似的說道。她簡直就像面試官。

「叫清隆就可以了。」

再怎麼說叫小清難度也太高了。就算在心裡說也很丟臉。

「清、清、清……噗喲……！」

所有人都注目著佐倉的舉動，因此就算她不願意，壓力也會逐漸提昇。

這是隨著時間經過，就越會陷入惡性循環的套路。

「我不知道這一團會帶給妳怎樣的影響，但至少我覺得這對現在的妳是必要的。妳已經大大踏出一步，再邁出一步也不可怕。」

我就像在推她一把地溫柔說道。

「……嗯……清、清隆同學。請多多指教。」

在下定決心的短暫沉默後，佐倉便好好地望著我的眼睛，並且這麼說。

「嗯，及格了。我也贊成愛里加入。」

這樣佐倉的加入就被全場一致認可了。

「小清，你也好好試著叫愛里的名字。」

「呃——……愛里。」

「是、是！」

雖然很緊張僵硬，不過我們彼此都成功用名字互稱了。

「那麼，就再來一次。我們這五個人就是小清組了，還請多指教。」

不管加入誰，以我為主體的團名似乎還是沒有改變。

4

以這種形式成立的綾小路組（雖然自己講會勾起非常強烈的羞恥心）也正式加入愛里，開始活動。原本是為了支援波瑠加和明人兩人才開始活動，範圍卻一點一點開始擴展出去。波瑠加就像在間接帶領團體似的創了群組。大家沒待在一起的期間，在那裡對話的機會顯著增加。正因為我們沒有很多朋友，在聊天室裡聊得很起勁，我們也常獨自待在房間，所以也聊得很久。

『明天課堂結束後呀，我們所有人要不要轉換心情一起去看場電影？』

聊天室傳來這樣的話題。

『難不成，妳是指那部新電影？』

『對對對，聽說明天開始上映。現在是考試期間，所以位子意外地好像能順利預約呢。』

『以充電目的來說是不錯的提議。所有人——意思是我也不能不參加嗎？』

『小幸不參加當然就沒意義啦，畢竟這團也才剛起步。但我是突然問的，如果行程無法配合，就變更成考試之後吧。』

如果人數有缺，她好像打算延後行程。

明人還沒顯示已讀，但如果他看見這個聊天室，大概就會順勢答應了吧。啟誠和愛里都保留答覆，現在我應該率先表態嗎？

雖然我有點緊張，但還是打出聊天室的句子。

『我要參加。』

我如此寄出，幾秒後，愛里就傳來訊息。

『我也想去。』

『……我知道了。如果明人去的話，我也去。』

這樣除了未讀的明人，所有人都表明要參加了。那個明人幾分鐘後好像也發現了聊天室內容，而傳來了訊息。

『好啊，我也很好奇那部電影。可以交給妳訂位嗎？』

『嗯，我之後會確實回收點數，還請多指教喲。』

群組聊天室於是停下。因為要上網訂位，她大概把畫面切到那邊的操作了吧。

『真期待電影呢。』

愛里個別傳來訊息。

『是啊。』

『明天也請多多關照喲，清隆同學。晚安。』

愛里特地慎重地傳來個別訊息。我結束與她之間的對話。

「明天是一團去看電影啊。」

總覺得，我大概正在逐漸變成真正的人生勝利組。

世上應該會認為不過是這種程度吧，但我有種至今都沒有過的興奮感。

「……為了不遲到，我得早點睡呢。」

電話在這時響起。

看見畫面顯示堀北鈴音的名字，我就接起了電話。

『看來你好像醒著呢。』

「畢竟才十點。有什麼事嗎？」

『圖書館的讀書會差不多要進入最後階段了。另外，明天讀書會之後，我想進行針對期末考的最後商量。你能陪我嗎？如果也能替我叫上幸村同學，我就省事了。』

「明天啊……」

『有什麼問題嗎？』

要說沒問題，就會是在說謊。

因為我們定好讀書會後要去看電影。

『如果有什麼不方便的話，後天也可以，但星期四就是極限。題目幾乎都出好了，但視情況不同，應該也必須更換內容。』

她好像想盡早先進行該判斷。

就我的立場而言，我也不想對這份期待棄之不理。她大概和平田他們審慎商量過了，不過她應該到最後一刻為止都想好好確認吧。

「我知道了。我會和啟誠說說看，時間晚一點也沒關係嗎？還有，如果去聯絡平田或輕井澤會比較好的話，那我會先去聯絡。」

『啟誠？你和幸村同學似乎變得很要好了呢。那邊你不必操心，我已經講好了。剩下的就只有傳達日期與時間。』

看來不只我，堀北似乎也透過讀書會成功縮短和他們兩人之間的距離。起碼她變得就算獨自

一人也可以和平田他們成立對話，這就是件非常令人高興的事。

我掛掉電話，手機又收到了訊息。今天事情真的是接踵而來。

這次不是愛里，而是來自輕井澤。

『我照你說的確認過了。聽說今天有一個女生去問有沒有看到長谷部同學加在咖啡裡的砂糖量。因為那女生湊巧加入了相當多的量，所以店員好像才會注意到呢。』

果然是這麼回事啊。

與其說洞察力優異，不如說是很機靈。日和為了動搖我們，而來誇耀自己的眼力。

機會正好。我就先告訴她那件事吧。

『我想明天堀北會聯絡妳，我們安排要在晚上八點左右開始討論。』

『晚上八點？還真晚耶。』

『因為我有些安排。讀書會之後我要去看電影。』

『電影？難道是那部新作品？』

『妳真清楚耶。比起這些，那場討論會上我也有事要拜託妳。』

我對輕井澤做出詳細指示。

因為我沒有不利用明天討論會這手段的選擇。

輕井澤聽完一切，便傳來了感到厭煩的訊息。

『這豈不又是超麻煩的差事嗎？目的是什麼？』

『結束後再說明。這樣對妳比較好。』

『這樣啊，那明天見嘍。』

輕井澤馬上就放棄追究。但在這之後，我又立刻收到一封訊息。

那不是文字，而是小小的插畫貼圖。

可愛的草莓圓蛋糕上插著幾根蠟燭。

『我太晚發現了。』

然後也收到這樣的補充訊息。在這之後輕井澤就沒有聯絡了。

「那傢伙發現我的生日了嗎？但她是怎麼發現的？」

我不記得自己有和任何人說過生日。雖然我這麼想，但也察覺真相。利用聊天室的應用程式時，除了名字或信箱，也有輸入出生年月日的欄位呢。我沒在那裡選擇不公開，因此處在只要想查就查得到的狀態。

這是我以為今年絕對不可能發生的事。沒想到最先發現我生日的會是輕井澤。

與輕井澤的對話結束後，內容都要全數刪除。

我有點抗拒刪掉生日貼圖。

我順勢試著連到輕井澤的個人資料，於是知道她的生日是三月八日。

「我就暫且記下來吧。」

5

今天的課程感覺意外地漫長。

說不定是因為我越來越期待放學後在夥伴之間開讀書會。

我和幸村他們一起前往了電影院。

「總覺得，團體行動真令人內心雀躍呢……清、清隆同學。」

雖然愛里很客氣，但她在我隔壁興奮地說道。

儘管心想她天真無邪得像個小孩，但我也抱著同樣的感想。

該怎麼說呢？我也像個小孩呢。

「是啊，不會令人不快。」

「欸嘿嘿嘿……清隆同學。」

「怎麼了？」

「咦，你是指什麼？」

「妳叫了我的名字吧？」

「……我、我叫了嗎！對、對不起，事情完全不是這樣的！」

我不覺得有聽錯，愛里卻否定叫我的這件事。

我們踏入櫸樹購物中心，便立刻前往電影院。

發電影票的波瑠加，把電影票依次遞給每個人。

「真期待呢——」

「綾小路同學！」

遠處傳來朝這裡吶喊的聲音。是佐藤麻耶，為何她會在這裡……

「難不成你正要去看電影嗎？啊，是很紅的那部！」

她看見我手上拿的電影票就興奮地說道。

「其實我也是來看電影的呢，輕井澤她們也在喲。」

「……看起來是這樣呢。」

數名女生從佐藤身後成群靠過來。

「是輕井澤邀妳的嗎？」

「不是。我在讀書會上說要去看電影，輕井澤同學就說她也想去，所以才會一起來。機會難得，我們就一起看吧。」

佐藤這麼說完，就用雙手使勁抓住我的手臂。

「呼哇！」

愛里在後面發出類似慘叫的聲音。

「喂、喂，別這樣。」

「咦咦，為什麼～有什麼關係。」

佐藤若無其事地說，但是臉有點紅。看起來像是在勉強自己努力。

「真巧呀。幸村同學還有綾小路同學，而且長谷部同學、佐倉同學也在。」

輕井澤這麼說，態度有點高高在上地如此攀談。

這完全不是巧合，我昨天才剛告訴她要去看電影。不過，我沒設想到輕井澤會過來。

「……真是令人討厭的巧合呢。進去裡面吧。」

啟誠一副氣憤的模樣，獨自先出示電影票，進去了裡面。

「那麼我也要去了……」

我有點強硬地離開佐藤，也跟上了啟誠。

電影院裡充滿擠滿座位的學生。香噴噴的爆米花味道，與烤熱狗麵包的香味刺激著我的鼻腔。

我們預約了最尾端位置最高的一排，從右側數來的五張座位。

佐藤和輕井澤她們好像還在商店煩惱要買什麼商品，還沒進來裡面。

「那個，清、清隆同學。」

我坐下座位，坐在鄰座的愛里就對我輕聲說起悄悄話。其他學生們也正在愉快聊天，我覺得她不用這麼小聲也沒關係。

「怎麼了？」

「清隆同學……那個，你和佐藤同學，最近很要好，對吧……？」

如果看見剛才的光景，會這麼想也是沒辦法的。

然而，如果我不先好好否認這件有違事實的事情，謠言貿然傳開就糟糕了。

「這是誤會。我和佐藤編成一組，所以讀過好幾次書。」

「但、但是一般是不會勾手臂之類的呢。」

「那不是我去勾，而是被她勾住的。」

「我想如果你不喜歡的話，也可以甩開……」

雖然很懦弱，但愛里也做出很中肯的吐嘈。或許確實如此。

我不知不覺就隨波逐流，變得很被動，但周圍因而產生誤解可不好呢。

「我知道了。雖然我不認為會有下次，但我會注意的。」

「而、而且呀……」

還有什麼事嗎……

「在決定搭檔前，你也和佐藤同學單獨去了哪裡，對吧？」

這麼說起來，我被佐藤叫出去時，愛里好像在教室裡看著我這邊。

「……像是你、你們兩人之間，有某些關係，之類的……」

「沒有。」

說沒有或許算在說謊，但我頂多只是被問聯絡方式。

我和愛里也交換了聯絡方式，這應該不算是虧心事吧。

「妳無法接受嗎？」

「沒、沒有。抱、抱歉呀，盡是問些奇怪的事……你應該很不愉快吧……？」

「沒這回事。如果妳還有在意的事，就隨時告訴我吧。」

「交、交給我吧。我會好好觀察清隆同學你的！」

不，被妳這麼鼓足幹勁觀察，我也很傷腦筋……

我也不忍心否定做出微微勝利手勢的愛里，於是就把話給吞了下去。

之後也沒發生什麼特別的事件，我便靜靜地欣賞了電影。

但有一點我要先說一下——電影內容有點奇怪。

6

櫸樹購物中心裡各式商業設施櫛比鱗次。大多數都是超市這種平時會利用到的店家，但其中也有許多只有偶爾才會利用的店舖。例如，其代表店家應該就是能解決電力、瓦斯、自來水問題的專門店，或者能把超商食材送到宿舍房間的宅配服務吧，而洗衣店也是其中之一。如果是上班族等社會人士，應該就會經常受這種店家關照，但洗衣店和這所學校的學生沒什麼關係。然而，像西裝外套弄得非常髒的時候，或是有憑我們自己無法完全洗乾淨的衣服時，這種店家就會被我們利用，並發揮重要的職責。

即使平常不用受店家的照顧，但需要被幫助的時刻都是很突如其來的。

現在是星期四晚上八點多，考試近在下週。校內的店家也已經到了關店時間，D班成員集合的地方是卡拉OK包廂。如果是這個空間的話，就可以進行討論，消息不會洩漏到外界。平田他們第二梯次的學生，今天也特別參加了。

堀北和平田迅速展開行動。期末考活動開始時的那群加上啟誠，都出席了最後的討論會。

本來在某人的個人房間舉行會最好吧，但有人不希望那樣。

「欸，我可以唱歌嗎？」

「等一下，輕井澤同學。今天可不是來玩的。」

「難得到卡拉ＯＫ耶。」

「是妳說無論如何都不願在宿舍，所以才決定來這裡吧？」

因為咖啡廳或學生餐廳裡，不曉得哪裡會有其他耳目。

「是沒錯啦。該怎麼說呢？來卡拉ＯＫ又不唱歌，不是有點蠢嗎？」

「妳就靠飲料和食物忍耐吧。」

輕井澤已經俐落地點完餐了。桌上放著以洋芋片為首的垃圾食物，以及每人各自的飲料。

「那等作戰會議結束，我們一起來對唱吧，洋介同學。」

「是啊，如果討論順利統整，這點放鬆應該也不錯。」

「我也贊成。我想先確實做針對考試的討論，但我也很久沒在卡拉ＯＫ唱歌了呢。」

就像在尋找折衷方案似的，平田和櫛田分別向堀北和輕井澤取得同意。

「……我要開始了。」

堀北乾脆地無視這樣的兩人，開始了話題。

「首先是讀書會的成果，老實說我認為成果極佳呢。最初階段男生胡鬧的行為很醒目，我擔心過不知會變得如何，但幸虧他們有確實地認真讀書，應該變得能在一定程度上應對期末考範圍了。」

「我讀到嘴裡都快冒出英文單字卡了。」

須藤以自己的方式彰顯有讀書，但這真是難懂至極的形容。

「須藤同學與一開始相比也顯著成長了，尤其在專注力的提昇上令人耳目一新。但你目前還在臨陣磨槍的階段，別忘記你的基本學力比國一生還差。」

「讀成這樣才國一程度喔……」

「你之前還只能算是小學低年級程度，所以算是很了不起了。」

「堀、堀北同學，這再怎麼說好像也說得太過火了……」

「他到不久前可是連圓周率的存在都不知道呢。」

這可是相當爆炸性的發言。沒想到他活到今天居然連圓周率的存在都不知道。

「咦咦？這也太笨了吧！」

甚至連不擅長讀書的輕井澤都做出誇張反應。

「吵死啦，輕井澤。妳不是也不知道嗎？」

「不不不，這真的怎麼可能啊。就算是我，至少也知道是3．14。」

卡拉ＯＫ包廂裡展開這種低次元的話題。聽的人頭應該都痛起來了吧。

「不要再說了。我大致上可以看見你們的學力在哪種程度。真的沒問題嗎，堀北？」

「你不用擔心。就像我說的，他們的基本學力很差。不過如果濃縮到高一生第二學期的範圍，他大致上都理解了，絕對不會考不及格。幸村同學，你那邊才是，長谷部同學和三宅同學的問題都已經得以解決了嗎？」

「當然。綾小路是在最近距離看見這點的，對吧？」

「我認為那是最佳的方式了，他們也沒有不及格的擔憂。」

「太好了。我最不希望D班少了誰，我們大家要一起度過喲。」

「……是說啊，我在想，真的沒問題嗎？」

輕井澤聽見櫛田的想法後，便說出這樣讓人不安的發言。

「我不想要同學減少，但這是每年都有人會退學的考試吧？沒有保證我或須藤同學就不會考不及格吧？」

「保證……那個，雖然是沒辦法……」

「既然這樣，妳就別說得那麼輕鬆。」

「櫛田同學，我總覺得啊，妳從剛才就一直在講好聽話耶。」

原本有點輕鬆的氣氛，逐漸轉為緊張。

「是這樣嗎……我只是希望大家都在考試上平安及格……」

「聰明的人真好呢。妳明明連我會變得怎麼樣都不知道。」

「輕井澤同學，妳沒問題喔。畢竟妳現在都有好好參加讀書會。」

就算平田圓場，輕井澤好像還是無法認同。

「我之前就想說了。櫛田同學，妳是不是在裝乖孩子啊？」

「咦……是、是這樣嗎……」

「妳能冷靜下來嗎，輕井澤同學？我們現在正在進行針對考試的討論。別用不相關的話題占用時間。」

「堀北同學，妳安靜一下。欸，櫛田同學。難道妳是在心裡瞧不起我腦筋不好之類的嗎？」

「我才不會做這種事呢。」

「既然這樣就別毫不顧忌地做出保證。我每次考試可都覺得很辛苦。要是我因此考不及格，妳能負起責任嗎？」

這也太不講理了。面對令人費解的憤怒，不只是櫛田，周圍也很不知所措。

輕井澤單方面對櫛田的正論與溫柔發火。

她隨後伸手拿起幾乎沒碰過，並裝有葡萄汁的玻璃杯，對櫛田狠狠潑出內容物。含有著色劑的果汁以西裝外套胸部附近為中心大範圍地飛濺而出。

「輕井澤同學——！」

面對這難以置信的行動，平田罕見地放聲大吼，並捉住了她握著杯子的手。

「剛才的事可不能做。我認為有些事能做，但有事是不能做的。」

「可、可是……難道是我不好嗎？」

「很抱歉，剛才的事是妳不好呢，輕井澤同學。櫛田同學沒有任何不對。」

這是就連與櫛田處於冷戰狀態的堀北都無法袒護的行動。

「我沒事喲。我完全不介意，好嗎？別責怪輕井澤同學。」

「這不行吧。怎麼想都是輕井澤不好。」

啟誠也直言不諱，客觀地判斷。會與在場所有人為敵也是理所當然。不管任何人來怎麼看，都會認為錯在輕井澤自以為是的發言。但這不會不自然。輕井澤惠本來就是這種少女。

「是嗎，這樣啊。就只有我是壞人。是啊，畢竟櫛田同學是班上的紅人嘛。」

在場除了我以外的人，都已經做出了判斷。

輕井澤就像在對剩下的我求助似的把臉朝向我。

「欸，綾小路同學，你站在哪邊？」

「什麼站在哪邊，大家沒說錯，錯的人是妳。」

「這樣啊。我就知道是這樣。所有人都是我的敵人。」

輕井澤站起來，連道歉都沒有就拿起背包。

「輕井澤同學，要是今天妳就這樣以奇怪的狀態結束，妳絕對會後悔。我也不希望事情變成那樣。」

平田強硬地挽留打算離開卡拉ＯＫ包廂的輕井澤。

「這什麼嘛。不然我要怎麼做才好？」

「首先是和櫛田同學道歉喔。這才是最重要的。」

輕井澤受到男朋友的說服，即使不甘心，但還是停下了腳步。

「不覺得自己不對，卻不得不道歉嗎？」

「妳要先說出來。」

接著，輕井澤又沉默地佇立在原地一會兒。

「……抱歉。」

輕井澤在一陣沉默後，像被平田教誨般地屈服並道歉。

「不，一點也沒關係喲。我想我也應該做出稍微更體諒妳的發言才是。」

在這就算生氣也不奇怪的狀況下，櫛田完全沒生氣，並原諒了輕井澤。

聽見這句話，輕井澤好像也終於自覺到罪惡感了吧，她回到平田隔壁重新坐下。

「總覺得我好像有點不冷靜，抱歉。」

輕井澤再次向櫛田道歉。櫛田笑容以對，要她別放在心上。

「謝謝……」

平田看見兩個人的模樣，鬆了口氣。

不過，這樣並不是就可以讓一切都解決。

「櫛田同學，妳有明天可以穿去學校的備用西裝外套嗎？沒問題嗎？」

「啊，沒有。我之前有一件不能穿了，只剩下這件呢……」

學校原本就有分配兩件西裝外套。但有時也會發生像這次這種不測的事態，而且配合身體成長，尺寸也會有所改變。屆時，如果需要的話，我們也能在櫸樹購物中心專門處理制服的店家購買，但為了配合學生個人需求，大概也會需要一定程度的縫製時間吧，點數也絕對不便宜。

「不是有洗衣店嗎？我都會把在社團活動上弄髒的衣服帶去。今天先給，明天一早去拿就來得及了吧。」

「平時沒機會使用，所以我不知道呢。這樣似乎就有辦法了呢。」

她接受須藤很棒的建議，抓住解決問題的頭緒。

輕井澤聽著這些話，好像想到自己也有能夠辦到的事，因此做出一項提議。

「雖然也不能算在賠罪啦，但就讓我出清潔費吧。」

「不用啦，妳可以不用在意。」

「該說這樣我會無法安心嗎……不行嗎？」

「真的可以嗎？」

「嗯，全都是我的錯，所以這點事就讓我做吧。」

於是，這個事件便因為由輕井澤出清理費而找到了妥協點。

7

結束這曲折的討論會，回到宿舍的歸途上，我發現噴水池旁佇立著一名高大的男子。

看起來不像是正要和別人碰面，因此我便試著對那個男人——葛城搭話。

「你在幹嘛？」

「是綾小路啊。不，我稍微在想事情。是關於下星期的期末考。」

「關於期末考？在這種地方啊？」

「我只是想安靜地度過時間，獨自一人思考。」

實在不像是高一生會有的點子。

話說回來，期末考嗎？我不認為這是學力高的A班要苦惱的考試。

「這次期末考感覺會順利進行嗎？」

他這麼詢問，我於是決定試著說出老實的感想。

「不知道耶。雖然大家好像都很拚命在念書啦。」

「這樣啊。要是別出現退學者就好了呢。」

我在他這種擔心別人的模樣中實在感受不到霸氣。

「發生什麼事了嗎？」

我這麼問，葛城就動起了那張好像有點沉重的嘴巴。

「……你國中時有擔任過班長或學生會這種職位的經驗嗎？」

「不，完全沒有。畢竟也沒興趣。」

「我從國小時起就一直當班長或隸屬學生會。無論國小或國中都擔任了學生會長到畢業。但是，進這所學校之後，我就大幅修正了軌道。」

「這麼說來，你沒加入學生會耶。」

「雖然很想加入，但我無法讓堀北學生會長認可呢。」

這件事與期末考話題的內容連結不上。

「學生會或班長乍看之下沒有任何權力。大部分學生會認為那種東西沒價值，而且只會覺得很費事，所以想做的人非常少。」

和我抱持的想法一樣。基本上通常不會想去做管理職務之類的。

「不過，那些職位會被賦予『權利』。也就是說，幹部與非幹部者之間存在著無法填補的差距。我則是失去那種權利。」

「你在A班應該有一定以上的評價吧。」

「如果是這樣，我就絕對不會選擇把B班當目標這選項。」

我想也是。如果是葛城這種人，他會瞄準D班或C班。

他應該會選擇確實防守、確實獲勝的道路才對。

「這樣好嗎？說出班上的內情。」

「這點事只要稍微分析就會知道。」

「你也不必承擔過頭吧。就我來看你好像在引領著A班，但一切應該不只如此吧。無論如何照現在這樣下去的話A班很安定，畢竟重要的是維持現在的位置吧。」

「……是啊。呵，沒想到我居然會被應該將追上來的D班這麼說。」

「正因為距離遠得無法追上，或許才會有客觀看得見的事情吧。」

我們兩個回到宿舍，大廳一片人海。

「還真吵鬧呢，發生了什麼事情嗎？」

「誰知道。要隨便問問看嗎？」

附近有我認識的面孔——博士，於是我試著搭話。

「怎麼了啊？」

「是綾小路殿下啊。一年級所有人的信箱似乎都收到了相同的信件是也。」

「相同的信件？」

我穿越人群，轉動自己信箱的數字鎖。信箱平時不太會使用到，但在網購、學校寄通知、學生之間的交易上偶爾也會使用。

其他學生們好像也很感興趣，而在後方窺伺我打開的信箱。

我打開數字符合並且被開鎖的信箱門。

接著拿出那裡放入的「被折成四折的紙張」，接著回到外村身邊。

「是這個嗎？」

「是的是的。」

葛城遲了點也拿了同樣的紙張回到這裡。

葛城打開信件，幾乎同時我也翻開了那張紙。

那裡印上的文字是這麼寫著的：

『一年B班，一之瀨帆波有不法蒐集點數的可能性。龍園翔。』

外村像在說他也被放了一樣的東西，而打開紙張讓我看。

葛城讀完被印出的文字，而如此嘟噥道：

「那個男人連名字都仔細地寫上是想怎麼樣啊。如果這毫無根據的話，他應該也有可能被控訴吧。」

「意思是這多少含有事實，所以他才會執行嗎？」

「如果不是這樣，這就是很糟的計策。但這很像是他的作風。先不論真實與否，但如果有讓人覺得是不法的素材，他應該就會站在進攻的立場吧。原本也可能會因為誹謗而違法，但那傢伙連這種事也完全不會在意。」

如果是謊言的話，龍園的形象也有大大受損之虞，但龍園原本就名聲不佳，從他來看這根本不痛不癢。

「喂，龍園回來了！」

一名學生發現龍園從學校回來的身影。

龍園進了大廳，不曉得他知不知道已經造成了騷動。

「喂，龍園。你到底想怎樣啊！」

他一進大廳，B班男學生就以要上前揪住他的氣勢逼問道。

「啊？突然間是怎麼啦？」

「我是指這封信！你居然發出這種胡鬧的東西！」

他這麼說完，就把信擺在他眼前。龍園看見信件，就聳肩笑了笑。

「哦，這個啊。很有趣吧？」

「哪裡有趣！有些事能做，但有些事是不能做的吧！」

「不然你就證明事實啊。證明一之瀨沒有不法蒐集點數的事實。」

「這——」

「怎麼樣啊，一之瀨？」

面對聽見騷動而趕來的一之瀨，龍園拿著信件如此問道。

「現在不管我在這裡說什麼，龍園同學大概都不會相信吧？」

「嗯，因為有無不法是由學校判斷的呢。」

「是啊。各位，抱歉呀，我好像遭到奇怪的懷疑了。但是放心吧，明天我會向老師報告，證明是龍園同學弄錯。」

一之瀨以光明正大的模樣如此主張。

「妳打算怎麼證明給我看，一之瀨？」

「我會和學校說明詳情。說明我持有多少點數，以及是如何得到那些點數。這麼做你就滿意了吧？」

「向學校報告？在那之前，妳無法在此說明嗎？」

「現在光是在這裡說明，你就願意相信我？」

「應該不信吧。信口開河就像吐氣那樣輕鬆。」

「所以說啊，由學校居中再進行報告，就不會有不法的餘地了吧。」

「呵呵，原來如此啊。這也有一番道理。」

「你聽懂了吧！」周圍的B班學生大呼小叫地說道。

「不過啊，所謂的人類就是騙子、骯髒生物。妳也有可能現在起研究某些對策，並進行湮滅證據的作業吧？」

龍園始終都很強硬地咬上一之瀨。

「那男人在想什麼？就算一之瀨持有大量點數，她也和會不法獲得的那種人相差甚遠。就算在此頑固地進攻，他也沒什麼勝算。」

葛城好像很難以理解，表情變得更加嚴肅。

「那我要怎麼做，你才願意相信我呢？」

「首先在此公開妳持有的點數吧，接著說明得到那些點數的理由就行。隔天再和學校報告相同的事情。這樣在場對妳不信任感越來越強烈的學生應該也會同意吧。」

若是如此，確實就會急遽減少她之後想藉口或撒謊的機會。

然而，我不認為一之瀨會這麼輕易答應。

「這可是辦不到的商量，龍園同學。」

「也就是說，妳承認不法了？」

「不是那樣喲。正因為我沒有不法獲得點數，我才無法攤牌。因為擁有多少個人點數也會大大影響今後的戰略呢。」

也就是說，即使一時遭人懷疑，她也要藏著手牌。

「只要我明天向學校說明，應該就會受到調查。再加上如果有不法的話，不論我打不打算隱藏，一切都會被公開吧？」

「沒有妳明天就會和學校報告的證據吧。」

「那麼，也可以由龍園同學你去說喲。就像這封信上寫的這樣。」

「這樣啊。呵呵，妳似乎相當有自信呢。」

假如一之瀨不法蒐集了點數，心裡應該會相當忐忑不安吧。

可是，她完全沒有意志動搖。一直都很堂堂正正。

「那我就期待明天嘍。」

一之瀨目送了搭入電梯並無畏地笑著離開的龍園。

「一旦受到懷疑，只要沒有徹底抹除，嫌疑就會一直留下。即使是一之瀨那種資優生也不例外。嫌疑越重的話，信任就越是會一口氣逆轉。」

葛城分析這狀況，他的推測是正確的。就算是那種代表國家的政治家也是如此。就算以高水準維持支持率，仍會因為一個妨礙他的「謊言」而大幅降低支持率。

當然，只要知道事情是無稽之談，支持率也可能會比反彈之前提昇得更高吧，但大致上都會以無法除去疑慮而告終。

接著隔天，一之瀨所說的話成了現實。校方發表的通知是「沒有不法」。她將學校當作保證人，平安無事地消除了疑慮。

以前我偶然瞥見一之瀨的個人點數輕易超過了一百萬。現在應該比以前累積更多了吧。

高度育成高級中學學生基本資料 時間7/1

姓名	椎名日和 Shiina Hiyori
班級	一年C班
學號	S01T004735
社團	茶道社
生日	1月21日

評價

學力	A-
智力	A-
判斷力	E
體育能力	E
團隊合作能力	D

面試官的評語

她是很文靜的學生，根據提供的資訊，她自幼就有喜歡獨處的強烈傾向。幾乎沒有能稱作朋友的存在，而且也不見她期望交朋友的樣子。由於沒有在她對學力、課業的應對態度或知性上看見問題，因此我們希望老師能讓她學習團隊合作能力或交友能力，並給予她適應社會的能力。

導師紀錄

我很期待她改善沒有團體合作能力之處。她的學力很高，面對課堂的態度也很認真。

決心的差別

儘管許多學生在反覆讀書的日子中變得憂鬱，時間也依然流逝而去。

冬天接著到來。進入十二月後，距離期末考終於也剩下不到三天了。明天起星期六、日學校休息，正式考試則在星期一等著我們。

老實說，挑戰考試這件事本身不需要太操心。就D班來說，我們擁有非常充足的統整性，讀書會的成果也很優秀。我也可以斷言就連須藤他們經常考不及格的小組，也前所未有地確實在努力著。

問題在於其他地方。就算說問題在於龍園與櫛田兩人身上也不為過。他們無疑在檯面下開始活動了吧。而他們會使出的招數，大致上我也都揣測得到。

龍園的目的是「在總分上贏D班」、「弄清楚藏在堀北背後的存在」這兩點。前者……換句話說，為了在總分上獲勝的戰術必然有限。要說正當方式的話，就是全班努力猛讀書，或者製作超高難度的題目，這兩者其中之一了吧。但這屬於一般的努力範圍，是D班同樣能使出的作戰。

我至今為止的期間，幾乎都沒看見C班統合在一起大規模念書的樣子。他們沒出現在咖啡廳

或圖書館、教室等容易專注讀書的環境。

純粹是我湊巧沒看見嗎？還是C班學生在我不知道的地方努力著呢？就算他們猛讀書，只要D班不放水，他們就會被迫打一場難分高下的仗。無論如何我都不覺得他們有在做為了取勝的戰鬥方式。

那麼，這就很容易想像得到，他們是從其他視角來研究獲勝戰略。

「在想事情嗎？」

「噢，抱歉。」

堀北從樓梯下抬頭看止步的我。我急忙下樓追上她。

她手上有個很大的茶色信封。那裡面塞滿這一個月期間，她與平田等人同心協力製作的題目。算是D班的命運本身吧。

正因如此，她連讓我碰題目都沒有，並將其製成極機密檔案。由於最後是由堀北編制，因此知道所有題目的就只有堀北。

「勝算如何？」

「難說。我希望你別太期待呢，畢竟校方也加入了大幅調整。但我們毫無疑問完成了至今考過的考試之中最困難的題目呢。」

堀北身上隱約散發出一定程度的自信。我應該將此視為她有踏實地完成吧。

問題是之後要如何把這份題目保護到最後。

我們在前往教職員辦公室的走廊途中碰見一名學生。

「嗨，鈴音。」

龍園在那兒無畏地笑著。手上握著和堀北一樣的茶色信封。

「這是湊巧嗎？還是埋伏？」

「這是必然的。我在等妳過來。」

「是埋伏那方呢。」

堀北傻眼地嘆氣，打算走過龍園身旁。

「等一下嘛，妳也是壓線交題目吧？一起走吧。」

「因為也不知道會被誰偷看呢。我懂妳會防範的想法。」

龍園這麼說，就把手上的信封遞到堀北面前。

「你可以光顧著擔心別人的班級呀？你沒問題嗎？」

「呵呵，可沒有笨蛋會背叛我。」

「但沒想到你卻和我一樣壓線交題目呢。」

堀北做法強硬，對挑釁還以挑釁。龍園應該覺得這樣有趣到不行了吧。

他跟上我們似的邁步而出。

「要是你們這些瑕疵品擠出的智慧對我們管用就好了呢。」

堀北無視龍園存在似的不斷走著。

「綾小路同學，你有在好好念書嗎？我也很好奇你搭檔的狀況。」

「算有吧。我覺得可以迴避不及格。」

「只是覺得可是不行的呢。因為我們不能出現任何一名學生退學。不管我們對C班出的題目再有信心，你也別大意了呢。」

看來龍園好像不打算保持沉默，他再次回應堀北言語上的攻擊。

「哦？這發言還真有趣。簡直就像對我們的做法有所掌握。」

「誰知道。或許這只是粗劣的挑釁呢。就跟你一樣。」

「或許如此。」

堀北抵達職員辦公室就叫了茶柱老師。茶柱老師不久後就露了臉。

龍園那方也叫了坂上老師。先來的坂上老師沉默地從龍園那裡拿了茶色信封。

「我可以受理這份題目吧？」

「嗯，之後就麻煩老師了。」

結束簡短交談後，茶柱老師像是交換順序似的出現身影。

「看來妳帶來了呢。」

老師好像已經知道是什麼事情，只將視線落在茶色信封上。

好像沒有特別留意龍園在一旁。

「茶柱老師，接下來我提出的題目就是最後的稿子。」

「我就收下吧。」

龍園帶著一張毛骨悚然的笑容觀望這些交談。

堀北看見老師準備要收下茶色信封的手，而停了一下動作。

「我想請教一件事，請問您時間上方便嗎？」

「嗯。」

「這份題目與解答和D班的成敗是一體兩面的。我們必須避免資訊萬一洩漏。就算之後別人提出想看這份資料，能請您一律拒絕嗎？包含我在內，我不希望給任何人看見。」

堀北考慮到之前體育祭時的失敗而這麼前來交涉。

我也不知道茶柱老師會不會理解這點。

「拒絕公開資訊嗎？」

「請問很困難嗎？」

「沒這種事。我能理解妳害怕資訊洩漏，並想要期待萬無一失的想法。校方也無權拒絕這件事。不過，那當然是有條件的。」

「條件──嗎？」

「我必須辨別這是不是班上全體的意見。全班都認可了嗎？」

「我沒有取得承諾，但我認為──就算把這當作全體的意見也無妨。因為不會有任何學生希望自己班級輸掉。」

「也不能這麼斷言吧。之前我也說過類似的話，每個人的想法其實都意外地不同。就算有學生希望輸掉也不是件不可思議的事。」

「這……」

茶柱老師雙手抱胸，更進一步補充：

「更進一步地說，妳保證手上拿的題目就是班上期望的題目嗎？妳也並不是給所有人看過並認可這份題目才拿過來的吧。」

「您是叫我證明嗎？要我把問題傳閱給所有人看，取得沒問題的確認？」

「我沒那麼說。我的意思是凡事都沒那麼單純。因為我無法判斷站在這裡名為堀北鈴音的學生是不是為了班級在行動。話雖如此，我就答應妳的希望吧。就算哪個學生前來接觸，我也絕不會開示出製作好的題目與解答。」

「謝謝。這樣我就可以放心迎接考試了。」

「不過，我必須再補充一點。以這種形式封鎖資訊，原本就不是件令人期盼的事。這也是班級沒有團結一致的證據。」

這確實是無法否定的事實。只要沒有需要懷疑的夥伴，說起來對方就不會要求公開資訊，也不會做出讓題目洩漏的舉止吧。雖然是我自作主張的想像，但這大概可以說是B班裡不可能會發生的麻煩。

「真是刺耳的話呢。現在我正在為構築班級關係而奔走。」

聽見這句話，茶柱老師稍微笑了笑。

「妳也開始改變了呢，堀北。」

「……也有事情是不能不改變的。」

「我確實受理了妳的期望。不過按照需求，應該也會有同意開示的情況吧。因此，我想請妳讓我對剛才的話題加上一點。假如在妳許可之後，有人要求要看題目與解答，我就會答應公開資訊。這樣可以嗎？要是讓我斷言絕不給任何人看，對妳來說也是種風險吧？」

總之，百分之百不公開在形式上是辦不到的。

不管用怎樣的手段都沒關係，老師似乎想讓我們預留公開的方式。

「那就這樣沒關係。不過，請以我在場為前提。」

「說得也是。對方也可能說謊已經得到許可。我就同意吧。還有，如果有人來尋求題目與解答，我會如實轉達妳所說過的一切。說是怕資訊外洩而不公開資訊。我身為老師可不能『說謊』

呢。」

「就這樣沒關係。」

堀北對於暫且順利談妥鬆了口氣。

這樣確實就不會迎接和體育祭同樣的那種發展。不管櫛田也好、任何人也好，即使想看題目，堀北沒有同時在場就不可能。這裡應該也不會有密招吧。

就算說只要願意把題目變成廢紙就支付點數，這也明顯不是足以推翻這點的歪理。

可是，有某些地方很奇怪。

我靜靜聽著茶柱老師和堀北的對話，並且這麼感覺。

這個疑問的答案沒有立刻湧現。然而，毫無疑問有什麼地方很奇怪。截至目前看起來都很順利。堀北或平田等人的努力有了回報，他們總算出好的題目應該完成了高難度的絕妙成果吧。到此為止都還很好。然後，堀北在將其提交給茶柱老師的同時，也使出了防範資訊洩漏給他人於未然的對策。

假如櫛田對龍園言聽計從，想得到題目與答案，只要堀北不答應在場就不會受到允許，這機制也受到了認可。

一切萬全，宛若磐石。任何地方都不會產生漏洞。

對了，是這麼回事啊。

雖然這段對話沒有任何失誤，可是茶柱老師身上明顯有異樣感。

茶柱老師的眼神或動作以及態度都沒有說明這點。

她嚴肅地收下題目，進行著程序。

還有龍園的堅決態度——那種毫不焦急的態度令我掛心。

「我們回去吧，綾小路同學。事情辦完了。」

我沒聽進這句話，而看著茶柱老師的眼睛。老師也看著我的雙眼。

發現啊，堀北。在狀況為時已晚之前——

我在龍園面前無法貿然發言，也無法做出多餘的眼神交流。

就算熬過這場面，要再次回到這裡，或許也會變成時間不夠的狀況。

堀北往職員辦公室反方向邁步而出，但立刻就止住了腳步。

「……茶柱老師，您剛才說過不會說謊，對吧？」

「對。身為老師，這是當然的吧。」

「那我問您，我提出的題目與解答被受理了嗎？」

她察覺到了。

雖然是我的些許期待，但堀北靠自己的力量抵達了疑問。

「到確認題目有無異常為止有沒有被受理都是不明的。」

「怎麼了，堀北？」

堀北完全不看這麼詢問的我。

「那我要改變說法。在我們拿來這份題目之前——像『已經結束其他題目的受理』或『有預定要受理的題目』，這些事情都沒有吧？」

老師面對這項詢問，視線與話語都停頓了下來。

「這是怎麼回事……」

「什麼怎麼回事，答案就只能從茶柱老師口中聽見。」

「……剛才妳對我的提問，我的回答只有一個。受理已經毫無耽擱地結束了。」

我們被如此告知。其現實的意義，以及指出的真實——

「這——意思是有其他某個人提出了題目與解答嗎？」

思考與情感趕不上。

「對。這樣下去妳出的題目不會被採用吧。」

「請立刻取消那個受理。正確的題目在這邊。」

堀北指著老師拿著的茶色信封，這麼說道。

然而，根據剛才的話題，就知道這不是輕易能允許的事。

「很遺憾，堀北。這是妳自作主張的主觀。我收到其他學生拿來的題目與解答，並完成了審查與受理。那個人物也擔心著類似的事情。說為了題目與解答不洩漏出去，希望我保守祕密。若出現擅自想替換的人物，就只是收下來先保留。並希望我之後告訴她是誰來訪。」

「怎麼會有這種事……」

堀北當場無力地倒下。

這實在是太殘酷的事實。

「請問那名學生是誰？您可以告訴我，對吧？」

「是櫛田桔梗。」

這已經是很擺明的答案。

堀北本來打算「封印櫛田的背叛」，卻被對方用一模一樣的手法先下手為強。正因為已經被知道自己的另一面，櫛田才會大膽地大幅採取動作。

「視狀況不同，受理的題目也可以變更吧？」

「是啊。我就應對這個不測的事態吧。但期限到今天就結束了。假如妳想要把題目改成這份，就要請妳把櫛田帶過來。」

「那種事……」

沒辦法。櫛田不可能老實答應。

要推翻這份題目，就必須帶著櫛田拜訪茶柱老師。

然而，如果從這個時間開始找，絕對逮不到櫛田吧。她只要關掉手機電源並窩在自己房間，幾乎就可以百分之百完全脫身。不，就連不在自己房間的可能性都很高吧。我們會就這麼無法掌握她的所在之地，並確實地結束今天這一天。

「我可以推測是妳還是櫛田哪方說謊，但我不知道真相。也可以想像是不知名的第三者在背後操控。班級裡的糾紛如果不請你們在班級裡解決，我可是很傷腦筋。」

「……請問到今天幾點為止能改正題目呢？」

「到晚上六點。」

我確認手機。時間是下午四點前，換句話說只剩下大約兩小時。

「呵呵呵……呵、呵哈哈哈！真是的，妳在幹嘛啊，鈴音！」

龍園看著從頭到尾的對話，哈哈大笑。

男人應該從最初就知道這情況，傾吐出拚命忍耐的笑聲。

「妳這不是已經死局了嗎？妳拚命出的題目也完全沒意義呢！」

「是你教唆的嗎？就是你指使櫛田同學出題的，對吧？」

「我不知道耶。我不可能會知道D班的事情吧？」

堀北對龍園明顯的謊言以粗暴語氣說話。

「我無法繼續忍受被那個外人偷聽了……！」

「哦——好可怕。我會乖乖回去的啦。我很期待考試結果喔。」

「你不去找櫛田嗎，堀北？」

「……我不喜歡做白費的努力。」

就算見得到櫛田，她也不可能答應。勝負已定。

「請問櫛田同學有指示不給人看題目嗎？」

「不，我沒有受到那項指示。」

我不覺得驚訝。不如說會先有「我想也是」的這種重新認知。

「請讓我看。」

堀北獲得允許後，就決定請茶柱老師讓她看櫛田提交的題目。

我一看之下馬上就有了一個感想。

「真是絕妙的難度呢。」

「嗯……真的呢。」

櫛田偷偷提交的題目，難度應該和堀北他們準備的題目沒有那麼大的不同。這可以說是研究得很好的出色題目。出色到除了出題者之外，其他人會不知道哪一份是誰出的。想到龍園有牽涉其中，這很可能是金田出的題目吧。正因如此，第三者不會知道哪方才是真相。如果這是連須藤等人都解得開的題目，替換成這種簡單題目的櫛田就會遭人懷疑，但若是類似的內容就不會如

此。真相就會馬上變得模糊不清。

保證不會抖出櫛田過去的堀北，與害怕班級裡內鬨的平田，都不會把這件事公諸於世吧。總之，這就是先下手為強的狀態。

不管難度多高，只要知道解答就沒問題。

如果C班全班共享答案的話，就可以考出超高的分數。

櫛田判斷這點後，便徹底把資訊偽裝到這種程度，並且執行了作戰。

儘管參加讀書會並參與和堀北的賭注，她也依然確實、紮實地採取了手段。

要是D班輸掉的話，至今主導並引領大家的堀北，就無可避免會被追究部分責任。這既會降低她的凝聚力，也可以利用龍園把她逼入絕境。

如果只是出題的話，那也還有救。到這裡為止最慘就是敗北也沒辦法。

但最重要的，就是堀北提議的打賭問題。

櫛田和龍園勾結是確定的。可以想像她協助C班，相對會獲得C班的題目與解答。

這麼一來，櫛田十之八九就會考到一百分吧。堀北只要失誤一題，就會變得不得不選擇主動退學的選項。

堀北不會做出將約定作廢那種事。

如果敗北的話，即使違背意志，她也會選擇退學這條路。

「束手無策了嗎？」

這樣D班的勝利就沒了。

櫛田的先發制人，應該給了堀北巨大的衝擊與傷害吧。

這乍看之下好像無計可施，但其實並非如此。

不過，這一切原因就是堀北最後大意所致。

換作是我的話——

「差不多可以了吧，堀北。龍園離開了。」

茶柱老師對低著臉的堀北這麼說。

這是怎麼回事？

茶柱老師身上也完全沒表現出動搖，努力地保持冷靜。

「抱歉。承蒙老師讓我謹慎地演了很長的一段時間。」

堀北這麼說完，就抬起她低著的臉龐。她臉上完全沒有低落的神情。

我接著察覺到了。

「妳有確實採取手段啊。」

「嗯，我在體育祭上被打敗，可不能再被類似形式給打倒。期末考的詳情公布出來，我就立刻先拜託了茶柱老師。就是『我擁有交題目決定權』與『希望不管其他任何人過來，老師都要假裝受理』。」

換言之，櫛田深信自己的題目得到受理了。

「他們一定深信題目變了。如果沒念書的話，C班或許就會出現退學學生呢。」

沒想到她居然會使出這種程度的漂亮反擊，連在她身邊的我都沒想到。

龍園幾乎絲毫沒有察覺堀北的先發封印，還有更進一步的先發攻擊吧。

「話說回來，這還真是傷腦筋呢。即使在我一路負責的D班裡，這也是前所未聞的要求。我沒料到在學校系統上，班級裡竟會如此互相警戒、欺騙。事情不會總是這麼順利喔，堀北。如果班級裡就這樣存在叛徒，原本可以贏的考試都會贏不了。」

茶柱老師罕見地表現出一副擔心的模樣。

確實就如她所言。阻止題目提交，或是撒謊說已經受理——這種事如果在別班都是不會進行的不必要行為。即使是分成葛城派與坂柳派的A班，他們應該也不會做到這種地步吧。

這也表示應付櫛田需要如此用心。

「我了解。不過，我也打算在這場期末考結束這件事。」

我可以感受到她要結束夥伴之間互相扯後腿的意志。

「是嗎，那就讓我期待吧。」

堀北目送拿著茶色信封回去職員辦公室裡的茶柱老師，就鬆了口氣。

「抱歉，我連你都沒說。」

兩人獨處後，她就低頭向我道歉。

「不，這樣沒關係。老實說，我完全沒發現。」

雖說我和堀北一起行動的機會減少，但我還真是小看了她。

「畢竟我都不知道被他打倒幾次，我也差不多該學乖了。」

這樣不僅粉碎了C班穩贏的結果，D班也獲得了一步領先。

然而，堀北還留有嚴酷的勝負。

「剩下的就是正式考試上分數贏過櫛田同學，這樣這場考試就會平安無事地結束。」

沒錯。如果不在分數上贏過櫛田，堀北就沒有未來。

為了絕對不輸給她，考到滿分就會變成前提。

1

今天起，期末考就開始了。搭檔兩人應該考的總分是六百九十二分。雖然比想像中還低，但也不可大意。應該可以斷言在考試前半段——第一天就會決定勝負了吧。

這是場彼此的題目能把各個學生逼到哪種程度的比賽。期末考第一天的內容是現代文、英語、日本史、數學四科。判斷堀北與櫛田未來的科目也包含在內。

我走著從玄關通往教室的走廊，接著見到了一副在等人的佐藤。

不知是好是壞，她等的那個人好像就是我，她發現我的身影就靠了過來。

「早安，綾小路同學。就快考試了呢。」

「嗯，昨晚有睡好嗎？」

「我姑且讀到一點左右才睡，但開始覺得有點緊張了。」

她這麼說完，就按著胸口附近做了深呼吸。

「雖然我不能叫妳放輕鬆，但我們彼此就盡全力吧。只要把有讀過書這件事如實發揮，應該就可以做得很好。」

「嗯。」

不論形式如何，我們都是搭檔。既然變得同生共死，我就無法否定我們是命運共同體這件事。佐藤搞砸，我就會被連累。我搞砸，佐藤就會被連累。我們將把彼此拉下深淵。

「早安，佐藤同學。」

「啊，早安，輕井澤同學。」

來上學的輕井澤看見佐藤，就前來搭話。

「難不成妳是和綾小路同學約好的？真是罕見的組合呢。」

「沒、沒有。完全沒有，我們是偶然在這裡碰見……」

「這樣啊。那，要不要一起到帕雷特買飲料再去教室？」

「嗯！那麼，待會兒見嘍，綾小路同學！」

佐藤有點害羞地轉身背對我。

輕井澤一瞬間瞥了我這裡一眼，馬上就重新面向佐藤。

「她們真要好呢。」

「這或許意外地是輕井澤在吃醋呢。」

「咦？」

這麼前來搭話的人是平田。

「早安。」

「早安。剛才那是什麼意思？」

「別看我這樣，我身為輕井澤同學的男友角色和她長時間待在一起。我隱約發現她最近很在意你。」

「不，我想沒那回事。」

我強行把輕井澤的寄生對象從平田轉移到我身上，他會那麼看待也沒辦法。

「是這樣嗎？但就我的立場來說，她能變成那樣，我還比較開心呢。畢竟我覺得不是虛假的關係比較健全。我說了太多自作主張的話了呢。」

我們兩人就這樣前往教室。

「堀北同學想的題目應該無疑會傷害到C班。剩下的就是我們好好應考，我覺得要贏不是很困難。」

平田也充滿著自信。

這次考試他好像在一定程度上看得見勝利之路。

雖然也有沒料到的組合成為搭檔，但大致上都如設想的一樣。

「其實我有事想先告訴綾小路同學。你認識椎名日和嗎？」

「她是C班學生，對吧。前幾天見過。她出現在啟誠的讀書會。」

「她也來我這裡了喔。好像在找在堀北同學背後行動的人。」

「好像是這樣。」

「在堀北同學背後行動的人物就是你吧，綾小路同學？」

平田這句話並不是基於想知道的欲求，而是為了確認的一句話。

「啊，不，我當然不會告訴其他人。畢竟你應該有某些目的吧。結果D班受到幫助也是事實。」

「是啊。我會把這理解成令人感謝的忠告。」

「你不否認呢。」

「現在就算否認，你也不會相信吧。」

「這……嗯，或許如此呢。」

「我不是哪裡的英雄，也完全沒有在隱瞞真面目。我只是不想引人注目，這就是我真正的想法，而且也是真心話。」

「這樣的你在體育祭上第一次表現出動作，也有什麼理由吧。但這樣沒關係嗎？C班的動作變得很活躍。如果有必要，我會在所不惜地幫你到底。」

平田的提議很令人感激，但目前沒有必要。

「我會想點辦法。萬一有意外時再麻煩你。」

「我知道了。」

我們抵達了教室，遠遠窺伺須藤他們的表情，樣子明顯不同於截至目前的考試前夕。他們沒有急忙背題目，而是好像在冷靜地利用時間，做最後的確認。而且還不是一兩個人，將近一半的學生都很專注地投入。

「真是讓人認不出來呢。」

「真的。」

這竟然會是那個D班，就算好幾個月前的任何人來看，也都無法相信吧。

如果這是對考試結果不會給予壞影響的學校，或許就不會變成這樣了。

「做好心理準備了嗎？」

隔壁鄰居堀北沒在念考試的範圍，而是在看書。

「妳考前在看什麼啊？」

「《一個都不留》。」

「阿嘉莎．克莉絲蒂啊。或許真的會有誰消失呢。」

堀北闔上書本，否定了這種黑色幽默。

「誰也不會消失。當然我和你都是。」

「妳一臉不論是怎樣的對手都會贏的表情呢。」

「當然。因為我這次是打算拿下年級第一在準備的。」

「如果其他班級學生的題目很簡單，這也是很困難的喔。」

「我會在這情況下贏的。這才會讓人充滿幹勁呢。」

那我還真是期待。就讓我在考試上看看妳那堅定的自信吧。

2

預備鈴聲響起後，所有人都收拾了讀書道具。我們被賦予義務要把考試上不需要的用具全部收到教室後方的置物櫃。可以留在我們各自書桌的，就只限書寫工具。如果像是鉛筆斷掉不夠用、自動筆芯用光，或是弄丟了橡皮擦，和茶柱老師申報就可以獲得幫助。

「接下來要進行期末考。第一節是現代文。在開始信號以前禁止把考卷翻到正面。請注意。」

茶柱老師並不是讓排頭學生傳，而是自己把題目卷逐一放到每個人的桌上。

「考試時間是五十分鐘。請盡量避免身體不適或是想上洗手間的狀況。如果無論如何都無法忍耐，請舉手之後向我報告。除此之外禁止中途離開教室。」

老師告訴我們禁止事項，並將考卷發完給所有人。

已經沒有半個學生私下交談了，大家都把視線落在考卷上。

鈴聲不久後響起，宣告了考試的開始。

「那麼，考試開始。」

考試一開始，我們就同時把考卷翻過來。

如果就如啟誠的預測一樣，那我們題目的對策就猜中了。

我從上到下快速瀏覽題目，判斷同學們能否解開。

從第一題開始就羅列著毫不留情的題目，即使如此，那些也不是解不開的題目。其中出現相當多已經預測到的刁鑽題目，也有不少題目只要冷靜下來就能解開。

也就是說，啟誠的目標正中了紅心。

而且，校方指示的修正內容也有很大的影響吧。

雖然有試圖製作扭曲題目的痕跡，但也看得見被強制修正過的蹤跡。

話雖如此，比起上次期中考，平均分數確實將會下降好像也無可避免。如果有學生書念得不夠，應該也會考到十分、二十分吧。將這些納入考量，就會希望輔助方確實地考到五十分以上，可以的話則是六十分以上。

若是班級裡的實力人物，感覺會超越六十分的門檻，但還是不能大意。

最重要的是似乎會成為課題的波瑠加與明人他們這些中間層，我們必須讓他們在此努力撐住。

我鄰座的堀北立刻就拿起了筆，著手第一題。

堀北也投身到絕對不能輸的戰鬥裡。

我轉了轉筆，思索該怎麼做。

與其他人相比，佐藤也很熱心參加讀書會。雖然很有希望能考到池或山內以上的分數，但我也必須以相應的分數回應。

這次個人成績也不會不小心提昇不及格標準，思考到未來的事情，我決定以六十分為基礎進行考試。

比起這點，重要的是——

我抬起頭。

與從講台看著學生們的茶柱老師視線交錯。

不過，我注意的不是茶柱老師。

而是在我眼前挑戰考試的櫛田桔梗的反應。

考試明明開始了，她卻沒有移動手臂的跡象。她看了無數次題目，好像同時在確認什麼。

她好像僵住了兩三分鐘吧，然後終於開始移動手臂解題。

就這樣，從第一節開始就持續著沒有閒工夫玩耍，也沒閒暇聊天的緊張考試。

第四節課發生了些許事件。

那是在堀北和櫛田變得要直接對決的數學考試時發生的。

在與開始信號同時翻頁，我們要著手考試的隨後——

「為什麼……」

儘管憋著聲音，櫛田還是忍不住出了聲。

「怎麼了，櫛田？」

「沒、沒有，對不起。沒什麼事。」

同學們頓時對發出聲音的櫛田予以關心，但馬上就開始答題了。

仔細看就會知道。

這是無法從平時沉著的櫛田想像到的模樣——動搖。

也就是說，那男人選的選項好像是「那裡」啊。

堀北沒因為櫛田的動搖而分神，開始寫起數學題目。

這是只要發揮這個月努力過來的成果的正當、正面對決。

很簡單，因此強而有力。

那麼，在我煩惱之源消失之後，我也來專心在考試上吧。

3

「……呼。」

堀北嘆了口氣，接著立刻仰望教室的天花板。

「妳一臉竭盡全力的表情呢。」

「我沒想過讀書是種痛苦。不過，這次是我人生中讀得最認真的一次。」

「妳數學幫自己打幾分？」

「一百分。雖然我想這麼說，但因為有一題說不清楚，所以說得保守點就是九十八分吧。裡面稍微混著相當高難度的題目呢。」

她毫不猶豫地立刻斷言自我評分的結果。

「寫錯或漏寫也有可能吧。有考得更低的可能性嗎？」

「沒有。起碼我是抱著絕對的信心度過考試的呢。有關其他三科，我也認為能留下將近滿分的結果。」

「這真厲害……」

「我是以櫛田同學會考一百分為前提挑戰這場比賽。為了連細微的錯誤也不會犯下，我自認已經徹底做到了。結果我或許會沒成功拿下兩分，真是沒出息呢。」

人都會失誤。考到她自我評分的九十八分以下也有可能吧。

因為金田出的絕對不是難度低的題目。

連那個啟誠也不曉得會不會超過九十分。

但我大概也沒辦法這麼有自信回答吧。

如果事實上她考到了九十八分以上，就無庸置疑地能在班上拿下第一的分數。

儘管教眾多人念書，堀北依然完全靠自己的幹勁與毅力熬了過來。

「鈴音，我有事想向妳報告，要不要一起回去？」

須藤結束考試，就好像很沒精神地拿著背包靠了過來。

「想報告的事情？抱歉，能請你在這裡說嗎？」

「今天的考試，我所有科目有沒有達到四十分，都在很難說清楚的標準上。我想對這件事情道歉。對不起。」

看來他打算約堀北在回家路上謝罪。須藤抱歉似的道了歉。

「這樣不會很糟。考試的難度每天都會變。如果是今天的考試內容，這樣就做得很好了。」

這比平常考試難度還高，分數往下掉也是無可避免的。

「我有點安排，所以你和朋友一起回去吧。」

「你也要留下來啊，綾小路。你們要兩個人回去之類的？」

他露出我和堀北是不是要做些什麼的那種懷疑眼神。

「和他沒有關係，我是和櫛田同學有約。有什麼問題嗎？」

「和櫛田？那就沒辦法了呢。」

須藤知道堀北行程的對象是女生，就馬上作罷了。

「那我就回去讀書了。」

「嗯，但考慮到明天，請你早點睡覺。」

「我知道啦。寬治、春樹，我們一起回去吧。」

我完全看不出須藤的態度帶刺，他以沉穩的態度邀他們兩人回家。

如果變得會讀書的話，就自然而然可以迴避不及格。因為可以不慌不忙應考一場場的考試，所以心靈上也會產生從容。

「對了。妳和櫛田的安排是什麼？」

「也不是那麼重要的事情。因為我們彼此應該辦得到自我評分，所以我才想先做確認。」

距離考卷發還相隔一定程度的時間。

如果彼此的成果很明確，不用等待解答，結果就會出來了吧。

不過，我已經確信了。

贏的人是堀北鈴音。

這根本就不用問結果。看見櫛田明顯表現動搖的模樣就知道了。

那個櫛田腳步不穩地站起，走出了教室。

「她怎麼了呢……」

「應該是自我評分比想像中還低吧？」

「是這樣就好了呢。畢竟他也很反覆無常。」

「你很在意她和龍園之間的事情嗎？」

「萬一他告訴櫛田解答的話，櫛田也有考滿分的可能性呢。這麼一來，我就只有敗北或平局了。」

我和你都要正式主動退學呢。」

「到時就和櫛田磕頭道歉，乞求原諒吧。」

「這是挖苦嗎？」

「妳是指什麼？」

「沒什麼。」

堀北追上櫛田，我決定也跟上她的腳步。

「櫛田同學。」

堀北一出走廊就叫住漸漸走遠的櫛田，櫛田於是慢慢停下了腳步。

「幹嘛，堀北同學？」

她的表情帶有憔悴與疲勞。

「可以耽誤一些時間嗎？我有事情想先確認。這裡的話會有人來往，所以可以換地方嗎？」

「雖然要視談話內容而定，但在這裡的話或許會是個問題呢。」

「我要先打聲招呼，我也會帶綾小路同學一起去。因為他是這次被牽連的相關人物，所以應該沒關係吧？」

櫛田沒有口頭上回答，但也沒有拒絕。

她用手機確認時間後就點頭應允了。

她在這之後應該是安排要和「某人」見面吧。

學校還留著眾多的學生。為了保險起見，我們動身前往特別教學大樓。

「妳想先向我確認的事，當然就是期末考的賭注，對吧？」

「嗯，雖然結果之後才公布，但我們彼此應該都做完了自我評分。」

「是啊……我做完了喲。」

這是堀北賭上退學、櫛田賭上巨大尊嚴的比賽。

不論形式如何，她都不可能不確認自己會得幾分。

「我有自信考九十八分以上。妳怎麼樣？」

雖然很微小，但堀北心中也有不安與疑慮。

如果龍園幫助櫛田，就會給自己的去留帶來重大影響。

櫛田聽見堀北的成績也不驚訝。不，她好像已經知道了。

「就算不等結果，這也很明顯了呢。」

她有點自嘲地嘟噥道。

「我再好也只到八十分吧。不，大概連八十分都不到。所以這場賭注是妳的勝利喲，堀北同學。」

「是嗎……」

對於櫛田的分數沒有比想像中還高，堀北覺得有點疑惑。

「我還以為妳專心讀書會考得更高呢。」

「我就是這種程度的人。」

她貶低自己似的回答，接著嘆了口氣。

「正式上是要在結果出爐之後……但這會是我的勝利嗎？」

考試結果是由校方通知，因此不會有不公正的餘地。

「應該沒這個必要吧。賭注是妳贏了。堀北同學，妳滿意了嗎？」

櫛田也理解就算自我評分有失誤，也不會有將近二十分的失誤。

「那麼我可以相信嗎？相信今後妳不會妨礙我。」

「我會履行約定。即使我有多麼不同意這點也是。要我在書面上寫下來嗎？」

「沒必要。我們先從互相信任開始做起吧。」

堀北這麼說完，就伸出了手。

她應該想透過握手來締結契約吧。

櫛田盯著那隻手，沒做出動作。她用黯淡的雙眼一動也不動地凝望著。

「我最討厭妳了，堀北同學。」

「我想也是呢。但我認為自己有努力讓妳喜歡我。」

堀北正面接受了她的情感。

「我好像越來越討厭妳了。」

櫛田完全不打算握手，從堀北身旁擦身而過。

堀北伸出的手，縹緲地捉住了虛無。

「我不會做出妨礙行為，但我也絕不會幫妳。妳別忘了這點。」

「……是嗎？很遺憾，但沒辦法呢。畢竟條件就是這樣。」

「堀北同學，妳別忘了。我賭的對象就只有不妨礙妳。」

儘管氣勢減弱，但她眼眸深處的深色部分仍捕捉了我。

「那是指——」

櫛田沒回答就離去了。像在說連一秒都不想見到堀北。

真是困難重重。堀北從她的目標裡排除了，但意思是這次換我了嗎？

雖然很像強詞奪理，但我確實不含在賭注內容中。

「我應該稍微更仔細斟酌賭注內容呢。」

話雖如此，但這恐怕什麼也不會改變吧。

我心中得出了一項結論。就是櫛田不會一直遵守約定。

因為這不是那傢伙心裡能輕易消化的事。為了保護自己的這個存在，我們無論如何都是阻礙。對櫛田來說我們只是異物。

只要不清除我們，櫛田就不會迎接安穩的未來。

期待片刻的安穩多持續一秒，就是最大限度了吧。

4

我目送堀北回去後，就思考了關於今後的事情。

我所想像的龍園翔，不是這種程度就解決得了的人。

這次堀北確實有順利奔走。她透過真正的先發制人封住操控櫛田的龍園。

原本，在夥伴中難以出現叛徒的班級對抗中，這方式不太會使用到吧。但這在潛藏叛徒的狀況下，這可以說是很有效的手段。然而，這方法僅限體育祭或這次考試，不是隨時都能使用的。

正因如此，她才會透過將哥哥當作證人來握有主導權，然後獲得千載難逢的機會。D班在距期末考為止的一個月密集地開了讀書會，應該也不可能輸給C班。這可以說是完全的勝利吧。

我的手機震動了。

『你在打什麼主意？』

那是這樣的郵件文章。

正在打主意的不只是我，你也是吧，龍園？

『利用我的這筆帳，我可會好好讓你償還。』

他又傳來一封短文，接著乘勝追擊似的又寄來了一封郵件。

這次有附加檔案。

其附檔是圖像，我打開之後明白是張照片。

郵件內文沒寫字，因為只有圖像就說明了一切。

「真鍋她們果然招供了啊。」

雖然龍園和日和一起前來接觸時，我就知道這件事情了。

他是怎麼辦事的，我就算不看也想像得到。

大概藉由類似恫嚇或恐嚇的威脅究明叛徒了吧。

這樣我和啟誠的名字就會浮現在那傢伙腦中，加深嫌疑吧。

但他沒有證據。考慮到其後潛藏著幕後黑手的可能性，他也無法斷言。

話雖如此，龍園無疑是使出了為了把我方逼入絕境的一招。

他是在想什麼才送來「這張照片」，我就不須想得那麼困難了。

有「這張照片」，也就代表她的背景在一定程度上眾所皆知了。

根據狀況不同，龍園的爪牙也會伸向這張照片上拍的人物吧。

不，倒不如說這是他要將爪牙入侵的戰帖。

「居然表明了默不作聲就好的事。」

沒想到他會把掌握到的資訊不吝惜地暴露出來呢。他是在享受狩獵嗎？
我被他糾纏不休，也差不多快要厭煩了。
我關上手機，同時堅定了意志。
因為要削減那傢伙的精神力，如果是半吊子的行為似乎沒意義。
如果他打算來找碴，那我就迎擊吧。
「你就別留下悔恨地全力攻過來吧。我會配合你喜歡的舞台跟你玩玩。」
雖然並非本意，但我自己也不由得稍微感到有趣。

5

「妳真慢呢，桔梗。是要甩開同學費了一番功夫嗎？」
「你到底想怎樣，龍園同學？」
在沒有人煙的屋頂現身的櫛田完全沒打算隱藏本性，逼問了龍園。
「啊？」
「你交給我的題目與解答，變成和考試完全不同的東西了。」

「是啊。因為我在截止之前更換題目了呢。這怎麼啦？」

他輕輕地嗤之以鼻，就喝了手上拿著的礦泉水。

「我說過了吧，說我不管使用怎樣的手段也要讓堀北退學。為此我背叛了同伴，偷偷換掉了D班的題目。以C班的數學題目與解答為交換條件呢。要是你按照約定做事，現在堀北就已經主動退學了。可是你卻背叛了我。」

「什麼嘛，妳就因為那種事在生氣嗎？」

「那種事？你贏了D班，結果打算就這樣了事嗎？」

「妳從根本上就弄錯了，桔梗。妳提出的題目沒被採用到考試上。」

「啥？你在說什麼。我按照你的指示盡快提出了題目。那也和茶柱老師取得確認了，所以不會有錯。」

「妳還沒發現啊。鈴音先採取了手段，為了不讓妳的題目正式採用而阻止了呢。多虧如此，我們何止是錯失勝利，還險些死掉呢。因為我們所有人都指望這項作戰呢。」

「等等……先採取了手段？這種事……怎麼會……」

「如果妳懷疑的話，就等考試結果出爐。C班十之八九是輸給D班了吧。也就是說協定無效。我們沒有受到任何回報，可不能讓妳看正確答案的題目。這是很自然的事情吧。」

「唔……！」

「我先說了，桔梗。妳要感謝我都來不及了，可沒理由恨我呢。」

「感謝？我可是輸給了堀北耶。你是叫我感謝什麼？」

她想起被迫在堀北眼前宣布敗北的屈辱。那份怒不可遏的憤怒。

「妳連完全掉入陷阱都不知道，真是悠閒呢。」

龍園靠過來，就揪住櫛田的制服。

接著強行解開西裝外套的釦子，把手伸向內側。

「欸，你在幹嘛！」

龍園對急忙離開的櫛田笑了笑。

「真是，我什麼也不會做啦。妳掏掏內袋吧。」

「……內袋？」

儘管很警戒，櫛田依然慢慢把手伸入西裝外套的口袋。

那裡傳來了她沒印象的紙張觸感。她取了出來，發現是張摺起來的紙。

「這是什麼……」

剛才龍園應該沒有那種放什麼東西進去的閒工夫。換句話說，這是在那之前放入的東西。她打開紙張，那裡寫著數學考試的題目與解答。

但那不是今天考試的內容，而是龍園最初提出的題目。

「為什麼我的衣服裡會有這種東西……」

「恐怕不只是這樣吧。妳身邊應該被設了好幾個『作弊材料』才對。妳之後試著找找，應該就會出現吧。」

「我不懂你的意思。」

「也就是說，D班的某人做了要害死妳的準備。假如考試中或考完試，妳就馬上被控訴不法，事情會變得怎樣？如果維持我最初準備的題目與解答的話呢？就試試看得高分的人身上出現那種東西吧。結果會變得怎麼樣呢？」

「我就會被退學，是嗎？就因為我根本沒做的作弊？真是蠢。」

「假如妳原本就是清白的，應該也有辦法證明吧。但妳和我聯手，事先得到題目與解答是事實。這樣就算被當作有嫌疑也沒辦法吧。」

她當然可以說是被某人設計，既然是清白的就不會被視為嫌疑重大，不過還是會染上嫌疑。因為龍園提供C班的題目與解答是無庸置疑的事實。即使提供題目或解答沒有違法，可是只要有疑慮，就會變得無法放著她不管。就算可以免於退學處分，只要留有嫌疑的疑慮，考試就會變成無效吧。雖然會變得如何都只是推測，但櫛田在班上的地位將會受到威脅，而且這也會殃及C班。

「對方是什麼時候把這種作弊小抄給……」

「妳心裡應該有個底吧？周圍沒有奇怪的傢伙嗎？」

「難不成……不，但……我上星期和堀北他們在卡拉ＯＫ包廂裡做最後的討論。當時發生了有點奇怪的事情呢。有個女生莫名其妙地來找碴，生氣地潑了我果汁，之後堅持說要拿去洗衣店。那在狀況上是可以理解的，我也認為沒關係……但總覺得有點令人掛心。」

「我就來猜那個找碴的女人是誰吧。她是輕井澤惠，對吧？」

「唔……你怎麼知道？你該不會是看見了吧？」

「我怎麼可能看見。這是單純的推理。」

龍園咚咚地敲了太陽穴附近，展現自己的推理能力。

「從頭開始詳細說明吧。」

儘管櫛田很不甘心，但還是說出在卡拉ＯＫ裡的事件。她細細說明自己被堀北與平田召集，綾小路、須藤、輕井澤也同席，以及中途被輕井澤找碴，潑果汁等等的事情。

龍園靜靜聽完這些話，更進一步組成推理。

「這毫無疑問是為了陷害妳的作戰呢。」

「這不可能。我確實有把西裝外套交給洗衣店，但我在交出時有確認口袋裡，還給我時如果裡面放了什麼，店家應該會告訴我才是。就算輕井澤在那時候就動了手腳，照理來說也沒意義吧？」

「在那個時間點裝入確實是極為困難的事吧。但她的目的不在那裡。她應該是想知道妳有沒有備用的制服吧？」

「備用？就算假設是這樣，這也依然不可能。」

「妳為什麼可以這麼斷言？」

「你是說我沒識破當場所有人就被設了陷阱？我也不是笨蛋。我有在觀察周圍的態度與動作。要是對方說謊，我一定會感受到不自然才對。」

「唉，也是吧。因為當場說謊的頂多一兩人。」

「啥？那種事是怎麼——」

「這不是值得苦惱的事。只要有能徹底推測那場面的人存在，騙過妳的這件事就會實現。集合起的人的思考模式、特徵、癖好，引起怎樣的事、他們會如何行動、會做出怎樣的發言。也就是說，對方完全預測了一切。亦即有個為了讓你們按照計畫行動而寫了劇本的傢伙存在。」

否定到一半的櫛田回憶當時的事，開始認為這或許有可能。尤其平田的想法是徹頭徹尾的和平主義。要是西裝外套髒掉的話，他就會擔心，也會處理輕井澤不講理的憤怒吧。考試也近在眼前，他必然會詢問持有的西裝外套件數吧。她開始這麼想了。

「知道妳只有一件西裝外套的話，剩下就只要在體育的課堂上之類的時候，把作弊小抄裝進去而已。洗完還回來的西裝外套內袋，就算一兩天不碰也不會不可思議。其他要動手腳的時間也是要多少有多少吧。但關鍵在於是誰想到這個方式。起碼不會是鈴音或輕井澤吧，她們也不是辦得到那種事的女人呢。」

「意思是我被那個某人給束縛住了？」

「考試不久前，有封我告發一之瀨不法問題的信件，對吧。」

「那是你找的碴吧。那是什麼意思呀？結果她好像也沒有不法。」

「那就是充分表現出幕後黑手個性的作戰。」

「啥？」

「放入那封信的不是我。是在D班陷害妳的傢伙。」

「我不懂你的意思。」

「妳認為我把寫了一之瀨不法疑慮的紙張放到全一年級的信箱，還會特地印上自己的名字嗎？不，是不是會這麼做另當別論，但既然寫上了名字，大家當然就會認為這傢伙是主謀吧。」

「既然你說不是你，那否認就好了吧。」

「妳覺得我會嗎？」

「……不會。」

櫛田立刻就理解了。龍園總是有追求刺激之事的傾向。假如有假冒自己名字拿出信件的人存在，他一定會覺得這情勢很有趣吧。更進一步地，既然沒聽說過一之瀨的不法嫌疑，他應該會想

順便知道真相。

那麼，他為什麼特地把信件的寄件者寫上龍園的名字呢？當然是因為如果寄件者不明，可信度就會大幅下降。她的嫌疑或許也更會被當作胡說八道。

「但那有什麼意義？不惜讓你警戒，還洩漏出奇怪的資訊。」

「不知道呢……我試著想過，但不明朗。他純粹是想知道一之瀨擁有大量點數的事實嗎？或者……不，那種蠢事不可能呢。」

龍園說到一半就作罷了。因為那是太脫離現實的事情。

「欸，桔梗。我不知道妳的過去如何，我對那種事也沒興趣。不過啊，妳要是繼續執著在讓鈴音退學，妳可是會被消滅的喔。」

作戰的發展準備得既周到且毫不留情。這無疑是龍園追逐的人物——X。

「你不也很難看嗎？C班在總分上輸掉的話，不是很糟糕嗎？」

「是啊。這樣你們升格C班應該就聽牌了吧。」

「快掉到被當作瑕疵品的D班，你心情如何？」

就算受到櫛田糾纏不休的煽動，龍園也沒感受到任何情緒。

這是因為他從最初就對這種瑣碎的事情完全沒興趣。

「妳還真悠哉呢。到現在仍只以記號去談論A班、D班之間的勝負。」

「……這什麼意思？」

龍園當然不會回答。然而，龍園入學這所學校之後的方針沒有任何動搖。雖然偶爾也會有部分安排不如預期，但為了升上A班的準備正順利地進行中。

「妳就拚命努力以上段班為目標吧。」

龍園說完話就打算回去，因而邁步而出。

「這張作弊小抄……唔！等一下，這不是有點奇怪嗎！」

「呵呵……」

櫛田看著攤開的作弊小抄，接著發現了不可思議的事情。

「給我說明是怎麼回事，龍園。」

「妳發現啦？」

某種矛盾。對不可能發生之事的疑問。膨脹起來的新問題。

「照理來說，這份題目與答案紙只有我跟你才有，為什麼D班的那傢伙會有呢？這再怎麼想都是不可能的。」

「說得對。他得以裝進去的理由，就是因為那是我提供給X的呢。」

「你背叛我了呢。」

「不對。那是所謂必要的交易。」

龍園將視線落在手機上。那裡有他偷換前的題目跟解答的照片。

那是龍園寄給寄件者不明的信箱時的東西。

「不過——他居然這麼懂我。」

在寄出那封信前，有X分成幾次寄來的郵件。

第一封標題寫著「交易」，內容是這樣的——

『提供C班確認的期末考題目與答案卷。』

『或是大幅變更提供給櫛田桔梗，抑或預定將提供的題目。』

這就是龍園收到的郵件。

通常龍園不會回應這種事情。

不過，X無條件給了對C班來說很有利的資訊。

所謂有利資訊，就是堀北鈴音識破了龍園與櫛田的計策，並且使出了先發制人。正因為他預計有成功偷偷替換了題目，這點對龍園來說相當晴天霹靂。

假如沒有這條資訊，沒讀夠書的某個同學就有可能會脫隊。龍園在這時可以選的選項有三個。

其一是不服從X，並讓櫛田獲勝。但這是不希望堀北退學的龍園會想極力避免的事。另一個是不替換題目，讓X揭發櫛田作弊並令她退學。不過，按照X的理想進展就不好玩了，所以就選項來說，他沒有選擇這個。

龍園最後選的是替換題目，讓堀北在考試上獲勝。

「在保護鈴音的同時，也成功封住桔梗嗎？」

這是在檯面上戰鬥的鈴音，以及在背後戰鬥的某人的活躍表現。

對於自己利用櫛田的戰略反過來被利用的結果，龍園忍不住笑意。

「可差不多要讓我把你逼到絕境了。你要是不現出真面目——」

他再次打開對謎樣的寄件者送出的圖像。

「到時，我就只要把這傢伙毀掉就行了呢。」

龍園深信拍在那張照片上的存在，正是通往那個某人的重要拼圖。

後記

這裡開始就不是本篇嘍，第六集結束了。我是衣笠彰梧。最近的當前煩惱是身體長的粉瘤大到像高爾夫球尺寸。好恐怖。

這次《歡迎來到實力至上主義的教室》也來到了第七本。這集應該就相當於暴風雨前寧靜的療癒集吧。我描寫了各個角色的內心變化。下集裡，包含綾小路清隆的過去在內，以及與某個敵人的決戰等等，我想故事將會有前所未有的大幅推進。

接著——是的。《歡迎來到實力至上主義的教室》（簡稱歡實）決定動畫化。託各位的福，真是非常感謝。我和トモセ都非常高興，前幾天也還在互舔彼此十年來的傷（意味深長）。

動畫從二〇一七年七月開始播放，大概是這本書發售大約兩個月之後吧。屆時，我一定可以為您送上第七集（從沒有宣言後順利進行的先例）！（註：此指日本播放時間）

編輯大人、出版社、動畫製作公司等，今後也會有各種人士參與其中。為了不讓這些努力蒙羞，我會竭盡全力地寫下去，還請多多指教。

國家圖書館出版品預行編目資料

歡迎來到實力至上主義的教室 / 衣笠彰梧作 ; Arieru譯. -- 初版. -- 臺北市 : 臺灣角川, 2017.06-

冊 ; 公分

譯自 : ようこそ実力至上主義の教室へ

ISBN 978-986-473-717-8(第4冊 : 平裝). --

ISBN 978-957-8531-14-7(第5冊 : 平裝). --

ISBN 978-957-564-010-1(第6冊 : 平裝)

861.57 106006384

Kadokawa
Fantastic
Novels

歡迎來到實力至上主義的教室 6

（原著名：ようこそ実力至上主義の教室へ 6）

2018年2月1日　初版第1刷發行
2022年10月25日　初版第12刷發行

作　　者：衣笠彰梧
插　　畫：トモセシュンサク
譯　　者：Arieru

發 行 人：岩崎剛人
總 編 輯：蔡佩芬
編　　輯：黃怡珮
美術設計：宋芳茹
印　　務：李明修（主任）、張加恩（主任）、張凱棋

發 行 所：台灣角川股份有限公司
地　　址：104台北市中山區松江路223號3樓
電　　話：（02）2515-3000
傳　　真：（02）2515-0033
網　　址：www.kadokawa.com.tw
劃撥帳戶：台灣角川股份有限公司
劃撥帳號：19487412
法律顧問：有澤法律事務所
製　　版：巨茂科技印刷有限公司
ＩＳＢＮ：978-957-564-010-1